暗藏的野心被解放，

温柔的试探被纵容。

T R U E

真相是真

西皮　主编

长江出版社　漫娱图书

CONTENTS

目录

CONTENTS

真 相 是 真

ZHENXIANGSHIZHEN

又 花铭

靠爱充能，忙时摸鱼，
闲时咕咕的啰唆第一名选手，Lofer@花茗

梦中的世界明亮温柔，星星在天上交相映衬，熠熠生辉。

明珠

文/花铭

靠爱充能，忙时摸鱼，
闲时咕咕的啰唆第一名选手，
lofter@花铭

z h u

6

"走在路上手机掉进水里开不了机了。真是倒霉到家了，那可是我前段时间才买的诺基亚新款。" G 第无数次跟好友抱怨，好友听得耳朵都要起茧了。

"到饭点了，哥们儿给你整个鸳鸯锅，红烧牛肉、香菇滑鸡怎么样？"

"随便，随便！" G 定定地看着棋盘，一个没拿稳，棋子"骨碌骨碌"从他指尖滑落，掉落在棋盘上，把打到一半的谱撞散了。

好友端了锅出来，瞧着 G 那目光空洞没出息的样子，他真害怕这是压垮骆驼的最后一根稻草。

"哎呀，G 长老，俗话说旧的不去新的不来，下午咱再去买个新的。"他有些小心翼翼地安慰道。

"好，可你得帮我把我换了新手机号的消息群发给道场的人。" G 总算舒了口气，稍微精神一点儿。

"得嘞得嘞。快吃吧，等会儿面都烟锅了。"

换了新手机，陆陆续续就有收到新的信息，还有新的电话打来。

妈妈第一个给他打电话，问他吃得怎么样，过两天给他送汤；师哥从 J 国打了国际长途过来询问他的近况；同学们也都发来短信跟他闲聊几句。

"G，你小子可给我打起精神来！这些算什么？都会过去的。在这之前你可别懈怠，不然我可要过来揍醒你呢。"老师还是没变。

G——笑着应了，接着把电话挂断。

G 能感受到他们对他说话时的小心翼翼，或是避而不谈，或是极力安慰，每字每句地斟酌。

他很感激自己能有这么多家人朋友时时刻刻关心着自己，但他同时也觉得有些别扭。

他不是易碎品。

曾经他一面对什么困难就想打退堂鼓，可自从遇见围棋之后，哪怕遇到再大的挫折，他也从未轻言放弃。

他想，或许是围棋改变了他，也可能是 Y 改变了他。

毕竟每当他想后退的时候，Y 总会陪着他开导他，引导他走向正确的道路。

Y 是他人生的导师，在以前，不论是围棋还是为人处事上，他有什么不明白的总是会下意识地求助 Y，可自从 Y 消失之后，他只能独自一人面对所有问题。

所以他从来也没想过在这种情况下自己应该怎么办。

在一个月前的比赛上，他和曾经的 Y 一样被人污蔑。对方是比他资历更老的前辈，却串通记录员一起作弊，还倒打一耙，在 G 正要举报的时候抢先一步举报了 G。

"你刚刚作弊!"那人的声音尖锐刺耳,响彻整个大堂。

G 能感受到,一瞬间所有的落棋声都停止了,所有的目光都集中在他身上。

"你……刚刚明明是你!你把棋子拿回,混入棋盒里,我可都看到了!"G 情绪激动地反驳道,几近有些语无伦次。

"年轻人求胜心切可以理解,可作弊有违纪律。这可是比赛,记录员和我都看到了,你还不承认。"

G 有千言万语却堵在舌尖蹦不出来,急得他面红耳赤。

其他场务人员和参赛选手都注意到了他们这边的动静,有人朝他们的方向走过来。

他要怎么办?

他明明是被污蔑的。

他该怎么处理这件事情?

G 忽然说不出话来了,只感觉大脑一片空白。

8

他身边的朋友知道了他被污蔑的事情,都为他感到不平和可惜。但由于当时赛场上没有实时设备转录,除了棋桌上的三个人,没有人知道在那次比赛上到底发生了什么。三个人中的两个人一致指认 G 作弊,而 G 并没有其他证据证明自己的清白。

在他和朋友们的争取下,关于到底是谁作弊的问题悬而未决。

G 被暂时取消了参赛资格,在半年考察期内都不能作为职业棋手参加任何赛事。

尽管师兄极力挽留,G 还是主动与师兄的战队解约了。毕竟战队正在起步阶段,白养一个半年都不能参赛的废人不过是在给队伍徒增财务压力。

其间有报刊联系了他。

G看了对方的名片，他没听说过。对方介绍说他们是一家新开的报刊，虽然不是什么赫赫有名的报刊，却也是围棋界的新锐媒体。这次听说了他被人污蔑的消息，想针对这件事做个专题采访。

G像是抓住救命稻草一样把自己经历的事情一五一十地告诉了对方，记者保证自己会如实报道。

G总算松了一口气。

自从决定成为职业棋手，G就已经将围棋作为一生的事业来看待了。

哪怕Y消失了，他也没有消沉太久，毕竟他下围棋早就不单是为Y而下了，更是为自己而下。

他还没有追上L，他还没能成为世界冠军，他还有很多棋想下。他相信Y肯定也不愿意看到他因此放弃围棋。

也许从很久以前开始，他就注定要和围棋绑定一生。

他忽然理解了Y当初被人污蔑时的心情，如果他真的因此丧失了继续光明正大地下围棋的资格，那他这一生，又该何去何从？

G打谱打累了便打开新买的手机，一条条翻看朋友们给他发的信息，之后继续打谱，直到后半夜终于有些乏了才沉沉睡去。

MING **02** ZHU

没有比赛的日子很无聊。

一开始，G不眠不休地窝在家里打棋谱，又或者自己跟自己对局，几乎没有出门。两周下来，他的嘴唇边上长了一圈青色的胡茬，眼窝深陷，面容憔悴，整个人像极了宅在家的网瘾少年。

好友实在看不下去了，把师父给他要的棋室记录员的资格让给了G。

第二天，他让G把胡子剃干净，头发也理了一理，套上正装，G这才稍微有了点人样。

G来到棋室，看到上面放着的牌子，写着"L"的名字，他心里一咯噔。

他还没想好怎么和L碰面。

他们约好在赛场上见，本来如果一切顺利，L在这场比赛的对手就会是他。

可现在，与L对弈的变成了其他人，而非自己。

他追逐了L这么多年，竟然只与L成功对上过三局，其中只有半局是他下的，还下得一塌糊涂。

G有些焦急地坐在棋盘旁边等待，视线不停乱转。

棋盘横纵十九行，他来来回回地看L的名牌，还总忍不住往大门的方向瞟。

终于有人推开了门，是L。

他仍然跟以前一样，西装笔挺，自信从容。

他们的目光只短暂地交织了一个瞬间，接着L就像什么都没发生一样移开视线，向棋桌走来。

L……

那是未说出口的名字。

G坐在棋盘旁边看L和其他人对弈，看L在棋桌上攻城略地，和对方有来有往，他只觉得心口堵得慌。

G一直觉得L的眼睛就像围棋的黑子一般莹润透亮，可那双好看的眼睛自始至终都没有看向他。

那天晚上回去，他大口大口地吃面，吃出了一股恶狠狠的模样。

"你说他凭什么不理我？我出了这么大的事，他怎么能一点儿都不关心我？你说他是不是根本就不把我放在眼里……我看他摆明就是看不起我。"G大吐苦水，脸都皱成了一团。

"行，不搭理就不搭理，谁想搭理他啊！傲什么傲，看我下次不把他打个头破血流。"

"那啥,现在可是法治社会,舞刀弄枪的不太好吧？"好友悻悻地提醒。

"我说的是赛场上！"G翻了个白眼。

好友一边收拾碗筷一边说："瞧你这口吻,有点骨气行不行。一直以来他不都是这样吗？"

"不一样,这次不一样！"G反驳道。

"那你到底想L对你说什么？难道你要他说'G,我听说你被人污蔑了,我相信你',或是你要他说'G,我会一直等你回到赛场'的话？"

好友放下碗筷,挺起腰板着脸开始模仿起L的神态,声音也故意压低了一些。

G听了鸡皮疙瘩起了一身,他踹了好友一脚："你可闭嘴吧！"

他到底想听L说什么呢？

像朋友一样安慰他开导他？

不,他完全想象不出来L说这种话的样子,光想都觉得很奇怪。

说到底,他们算是朋友吗？说是朋友,似乎也不算上。他们从来没有做过朋友之间该做的事情,他们没有像朋友那样会在难过时互相安慰,会在开心时互相分享。

但他们也不是陌生人,毕竟他们从很小的时候就认识,这么多年来一直你追我赶。

对于G来说,L是一个微妙的存在。

在G尚未迷上围棋之前,L在G所不知道的天空下熠熠生辉。而现在,他进入了围棋的世界,和L来到同一片天空下,而L就是这片天空中最耀眼的那颗星。耀眼到让人无法忽视,耀眼到让人想离他更近一步,想和他站到同一个高度。

因为L,他成了职业棋手,并为了追上L的脚步不懈前进。L不是他的朋友,也不是他的敌人。

11

他弄不清楚 L 对于自己来说是一个怎样的存在，他只知道自己很重视 L。

但 L 是不是也一样重视他，他就不知道了。

不知道为什么，他总希望 L 能对自己说些什么，但具体说什么，他又不知道。

那可是 L。

他追逐了这么多年都没追上的 L。

一段时间没见，L 又进步了，而且是肉眼可见的进步。

复盘时，G 想象自己就是坐在 L 对面和他对弈的人。面对 L 的进攻，他该如何应对，他能赢 L 吗？想了许久他仍然没有想到答案，这大半夜又过去了。

第二天早上，好友还在梦中和女友约会，就被 G 准备出门的动静吵醒了。

好友一看时钟，才六点。

"G，你大清早的去哪儿啊？"他半梦半醒地朝门外喊道。

"出门下棋去。"门口处传来 G 中气十足的声音，接着门就被关上了，G 轻快的脚步声慢慢远去。

"得，真是够拼的。"好友啧啧感叹道，翻了个身继续梦中的约会去了。

MING **03** ZHU

G 没有直接去找 L，而是先去了因果寺。

世间一切都在朝前走，而时间却仿佛在这个寺庙里停滞了。扫阶梯的老师傅依然在一边扫着台阶一边下棋，豆子师父还在剥着豆子，主持仍然在藏经阁里睡着大觉。

G 又找主持要棋谱。

主持依然摇摇头，玄乎地说："时候未到。"

G 在因果寺待了半个月，和庙里大大小小的和尚下棋下了个遍。直到快下山，小师傅还恋恋不舍，开玩笑说要不他也剃度出家好了，在山上和他们天天下棋。G 连忙笑着摇头："这可不行，我对尘世还有太多留恋！"

是啊，他有太多留恋，还有太多愿望还未实现。

下了山，他翻出之前同学给他的棋馆名单，把没去的棋馆都跑了个遍，以至于整个市的棋馆一听是 G 找上门就头疼得想要闭门休业。

这一个多月，G 虽然没有职业比赛，可他通过一次次的切磋把自己的状态调整到了最好。

终于在那天，他去了棋馆找 L。

那天的棋馆很热闹，他在棋馆里坐了半天，就坐在 L 经常坐的位置对面。

窗外透进来的光从明亮到昏暗，他听着时针"嘀嗒嘀嗒"走过的声音，在棋盘上轻轻敲打棋子，总算体会到了古人"闲敲棋子落灯花"的心情。

"你是来找 L 的吗？"

"我想问一下，L 他今天不来棋馆吗？"

"L 他前几天去国外比赛啦。"

"姐姐，那他什么时候回来你知道吗？"

"这个我不太清楚，要不我帮你打电话问问？"

"打电话就不用麻烦了，国际话费也挺贵的。那可以麻烦姐姐等 L 回来后告诉他一声，就说 G 来找过他，想来找他下棋。"

"好的，我会转告的。原来是 G 啊，几年没见变化真大。我可还记得 L 小时候就天天坐在棋馆等你来找他下棋呢。"

13

"哪里哪里。"G讪讪地笑着。

只有他自己知道，L不是在等他，而是在等Y。这些年来，L想对棋的，也不是他，而是Y。

或许是他有些不甘心。

他希望L能看见他的棋，所以才这么努力想离L越来越近。

最近所有人都很忙碌。

好友忙着准备升段赛，在俱乐部待着，很少回家；师哥在老师的魔鬼训练下准备着今年的冲段考试；同学在大学又组了个围棋社，办得热火朝天……

他收到的短信和电话越来越少。

大家都在往前走，没有人会留在原地等他。而他还在等半年的禁赛期结束，于是他闷在家里无所事事。

G又开始陷入颓废的状态，没有人管他，Y不在他身边，好友也不在，他像是泄气的皮球，鼓也鼓不起来。

14

这天，他正准备着午餐，有电话打了进来，一接起就是好友的大嗓门："G，出事了——"

"怎么了？"他有些莫名其妙。

"你之前是不是接受了什么采访？"

"对，怎么了？"G忽然喉咙发紧，有种不祥的预感。

"他们出了个专题采访，说你往老前辈身上泼脏水反污蔑人家作弊！那些媒体也真是，就喜欢搅浑水。"

"他们怎么会这样报道啊……他们说会如实报道啊。"G有些愣愣的，不知该如何是好。

"新出的报刊，为了提高知名度不择手段扭曲黑白。他们想报道的是大家想看到的情况，而不是真正的情况。比起老古董污蔑打压年轻新锐，围棋界新星求胜心切自甘堕落的新闻更夺人眼球吧。你别难过，别看网上的消息……你还好吧？"

"这算什么？我没事的。"G笑着说。

接着好友又苦口婆心地跟他说了一大通，G安静地听着，时不时附和几声。

挂断电话，陆陆续续有许多短信通知，师哥、同学、老师……很多他认识的人都发消息来安慰他。

他微微笑了。

他是真的觉得没什么，没有什么情况会比之前更糟糕。

不就是被人误会吗？

那些陌生人算什么？

他还有这么多理解关心他的朋友。

G不感到伤心，他只是迷茫。

Y当时对此的回应是一走了之。那他呢？他真的该继续下去吗？背负着作弊的污名，以后他还可以继续他的围棋生涯吗？

G有些茫然，没有人告诉他应该怎么办才好。

他把煮好的面端了出来，把棋盘收好放在一边。

电视频道胡乱地切着，从动画片跳到狗血的电视连续剧，切着切着他忽然听到了L的名字，便连忙往回调。

是体育频道在报道L在韩国的比赛中拿了第一名的消息。

G穿着背心和大裤衩，眯着眼睛一边留意着电视上的消息，一边吃着方便面。

是啊，L去韩国比赛了。L能去往世界各地，见到不同的风景，和不同的人比赛。

而G只能默默无闻地坐在沙发上吃面，连比赛都参加不了。

L肯定会越走越远吧，他肯定会遇到越来越多强劲的对手，变得越来越强，到那时自己对他来说连对手都不算了，他会走到自己触不可及

15

的地方。

　　没有人会停下脚步等他，他只会被抛下，直到望尘莫及。

　　与其被抛下，不如主动退出，可能会更好。

　　G正愣神，电视上忽然出现了L的脸，原来还有一段L的采访。

　　L一如既往地西装革履，意气风发，面容成熟中带着稚嫩，一副年少有为的模样。他拿着话筒，缓缓地说："非常感谢能有这次机会来比赛，前辈们都非常可敬，指点了我许多。"

　　"在20岁时就获得了世界级比赛的冠军，如此年轻有为，想必您对学习围棋很有心得体会。想请问一下，L老师有什么话想送给中国有志学围棋的青年朋友们呢？"

　　"持之以恒，永不言弃。这是我想送给大家的话，谢谢。"

　　那双黑亮的眼眸清澈见底，又饱含坚定。屏幕前的自己仿佛能被他的视线灼伤，G感到狼狈不堪。

　　曾经他一遇到困难就想打退堂鼓，可自从接触围棋后，哪怕遇到再大的挫折，他也从未轻言放弃。

　　或许是围棋改变了他，或许是Y改变了他，也或许是L改变了他。

　　是啊，怎么能就这样轻易放弃。

　　G继续埋头吃面，忽然觉得面越吃越咸。

　　他一抹脸，手心湿漉漉一片。

MING　04　ZHU

　　G最近又开始下网络围棋了。

　　这次他没用之前的账号，那个号一出现网络上就动静很大，而且那个号实际上不属于他。G又重新注册了一个小号，用户名随便起了一个，干脆就叫G。

16

他闲来无事就在网上下棋，从白天下到晚上，短短几天就成了榜上有名的棋手。

这天他照例登上账号，竟然接到一个对战邀请，是"小L"发来的。

这不是……L的号吗？

G有些惊讶，点进对方的主页查看了一下作战记录，发现他之前还和Y对战过，真的是L。

G看着屏幕上的对战邀请，鼠标光标在接受与拒绝之间左右摇摆不定。他没想到他们的对战竟来得如此突然，他还没做好心理准备。但这一天总归是要来的，他期待了很久。

带着害怕担心又激动期待的心情，他等待着与L对弈的机会。

没想到这一天终于到来，他又有些退缩了。

最终他还是接受了对战邀请。L那边很快就发来消息。

小L：开始吗？

G：开始吧。

他郑重地敲下这几个字，感觉心脏都要从喉咙里跳出来了。

屏幕对面的L绝对不会知道是G在和他对弈，也绝对不会感受到自己如此紧张激动的心情。

因为太过激动，他一开始下棋时的攻势有些急躁，下了几步烂棋。等后来心情渐渐平静，他的棋风才越来越稳健。

初见L时，G坐在棋桌前连执子的手法都不会；围棋联赛时他初入门槛下得并不顺利；高中时在围棋网站上，他却一次又一次打败了L，那都是借Y之手下的棋。这一次，他要下出他自己的棋给L看。

下到一半，系统跳出"中盘休息3分钟"的提示。

G长长呼出一口气，他从未生出这样如痴如醉的感觉。

你来我往，明明是下棋，却感觉像是两个灵魂在共舞。

对面忽然弹出对话框。

小L：G？

"啪嗒"一声，他吓得把鼠标碰掉在地上。手忙脚乱地把鼠标捡起来确定没有摔坏后，他才又看了一眼屏幕。

聊天区还是一样的消息，只是这一次发的是他的名字。

L认出他来了？这都能认出来？隔着屏幕呢，这怎么可能！难道是用户名太明显了？早知道改个无名氏之类的名字了。

G有些懊恼，却又有一丝不易察觉的喜悦从心底泛了上来。

他正准备回复，门忽然开了。

好友大摇大摆地走了进来。G把鼠标胡乱一摆，做贼心虚地猛地站了起来，发出了不小的动静，把好友吓了一跳。

"你不敲门进来可吓死我了！"

"我还要说你吓死我了呢！你在我房间里干什么？不会又在玩什么小游戏吧？"好友边说边把自己埋进枕头里。

"可拉倒吧你，下棋呢！"被好友一打岔，过了一会儿G才想起他还在和L对着局。

他连忙低头去看屏幕，这才发现网页已被自己意外关闭。在对弈期间关闭网页就算是中场认输。

他再登上去的时候，L已经下线了。

他和L的第四次对弈有头无尾，成了残局。

第二天他正在复盘前一天和L下到一半的对局，就接到了好友的电话。

"没有人来敲家里的门吧？"好友在电话里刻意压低了声音，一副紧张兮兮的样子。

"没有啊。"G觉得哪里不对劲，话锋一转，"你该不会欠债不还被债主找上门了吧？"

"怎么会！你兄弟我是这样的人吗？是有人想杀上门来找你。"

"哟，还杀上门找我，听起来可真够吓人的。"G把棋子分别捡到棋篓里。

"蠢！是L。他刚刚打电话给我，我都不知道他哪里找来的我的手机号，我一接通他就气势汹汹地问我是不是 G 的室友，还要了我们家的住址，指不定现在就在路上了！他那个语气特别凶，我都要吓死了。

"我跟你说，你之后可得请我吃顿好的，我幼小的心灵受到了伤害……"

好友话还没说完，门外就传来了敲门声。总共三声，一重两轻，一听就是很讲礼节的人。

G 一边拿着电话一边朝门口走去。

打开门，L 就站在外面，还穿着西装，居高临下地看着他，正如好友所说的那般，眼神凌厉，来势汹汹。

"我不到晚上 9 点绝对不回来打搅你们，你们慢慢聊，别打起来了……"好友说完就匆匆挂断了电话。

G 还没说话，L 便兀自走了进来，一眼就看到桌上摆着的棋盘。上面赫然是 G 正在复盘的昨日和他对到一半的残局。

"果然是你。"

G 不知道为什么，自己在 L 面前竟有些抬不起头来。

他知道下棋下到一半对手忽然下线的那种懊恼，可他没想到 L 竟然就这样找上了门来。

他可是听新闻说 L 今天才从国外回来，看他这风尘仆仆的样子，怕不是一下飞机就马不停蹄地跑过来找他算账了。

"昨天……是我不好，可那也是事出有因的。" G 心虚地摸了摸鼻子，底气有些不足。

L 直直地看了他好一会儿，帮着把棋子全都收到棋篓里。G 有些手足无措地站在一旁，正准备转身给他倒杯水，L 拉住他的袖子说："再来一局。"

风尘仆仆，一下飞机就马不停蹄地赶过来，居然只是为了下一盘棋。

G 推开房门，把 L 请了进来。

两人默契地坐在 G 房间的棋桌上，打开棋篓开始猜先。

落地窗的窗帘半遮着，午后灿烂的阳光从缝隙中透进来把棋桌照亮。

这局棋下得很是畅快淋漓。黑白两子像是在战场上厮杀的士兵，你来我往，针锋相对，两边势均力敌，竟看不出谁棋胜一筹。

屋外的光从棋盘左下角移到了棋盘右上角，本来亮堂的屋里随着黄昏的到来变得昏暗。两个人都沉迷在对弈中，连灯都忘了开。

一局终了，天色已暗。

他们坐在黑漆漆的房中，久久不能自拔。

"我输了。"G说。

"承让。"L低声道。

G最后输了L四分之一子。输了棋，G并没有沮丧，反而有些愣愣地笑了起来。

四分之一子，那是非常微弱的差距，是就差一步就能弥补上的距离。

他不知道的是，坐在他对面的L也微微笑了。

两个人在昏暗的屋子里不约而同地笑得很开心，直到G的肚子开始咕咕响，这意外和谐的氛围才被打破。

"要吃点什么吗？好久没下这么久了，有点饿。"G有些不好意思地起身去开房间里的灯，暖黄色的灯光瞬间泻满整个屋子，在灯亮的那一瞬间，他没有错过L脸上柔和的笑意。

"家里有什么？"灯一开，L又恢复了他那张没什么表情的脸。G在心里笑了一声，还装酷呢。

"你可是稀客，当然得吃顿好的。红烧牛肉煮老坛酸菜鸳鸯锅？还是说你要香菇滑鸡口味的？"

"你天天就吃这个？"L的脸色有些难看。G奇怪地看着他，一脸"不然呢"的表情。

"冰箱里有菜吗？"

"有，我室友前两天买了些食材回来，说是要研究怎么做菜改善伙食。"

G来到厨房打开冰箱，里面寒酸地躺着几颗土豆、番茄还有一些不知道是什么的肉。L就跟在他后面，不知道为什么，听了G的话后脸色

20

更古怪了。

真是搞不懂他脑子里在想什么，G咂舌。

G从来没想过有一天他会和L这样面对面地吃饭，吃的还是L做的饭菜。

他也没想到L竟然会做饭，他还以为L是那种两手不沾阳春水，只知道下棋的棋呆子呢。

仔细想想，好像每次见到L他都穿得特别体面。

G忽然有些不服气，连在照顾自己这方面他都比不上L，真是见了鬼了。

真别说，L做得还不赖。

G又舀了一大勺番茄牛腩，番茄酸酸的汁水浸润着软烂的牛肉，入口的滚烫鲜美简直要融到心底。

真好吃。

他感觉自己的心也好似被浸泡在温水里，一点点化开，化成软绵绵的一团。

"你那天为什么不理我？就你比赛，我去做记录员那天。"G纠结了一会儿还是问出口来。

"你也没跟我说话啊。而且，你是去做记录员，又不是去做我的对手，我为什么要理你。"L用纸巾擦了擦嘴角，不紧不慢地回答他。

"嘿，你这人可真小气。我发生了这么大的事，你连句关心的话都没有！"L这个人就是特别小肚鸡肠。G正拿着沾了番茄汁的勺子，听了L的话气得差点把勺子折弯。

"明明是你先不回我消息的。"L低声嘟囔着。

"昨天我哪儿能想到你能认出我来啊，魂都要被你吓飞了。说起来你是怎么看出来是我的？"

"我研究过你的棋，不只是你和我下的，还有之前你和别人下的。"那都是Y和L下的，定段赛倒是他本人下的。

只研究了两盘棋就能够认出他的棋风，该说L不愧是围棋天才吗？

"我说的不是你昨天不回我网上的消息。"

"什么啊，你说清楚点。"G一头雾水，困惑地看着L。

"就是短信。"L犹豫着开口，定定地看着G，黝黑透亮的眼瞳和G的对上，像是要看透G整个灵魂一样。

"啊，我之前那个手机被水淹坏了，换了新手机，我室友没告诉你吗？"

"为什么是你室友告诉我？"L有些不高兴了。

"他手机里基本上记着我所有朋友的号码啊？你可能不知道，他这个人可八卦了。"

"我跟他不熟。"L冷着脸回答，G莫名打了个寒战。接着L又问："你怎么没把我的号码背下来？"

G瞠目结舌。

为什么要把你的号码背下来啊？真是莫名其妙。

其实G不是不记得L的号码，除了家人和几个亲近的朋友，他只记得L的手机号，甚至可以说是背得滚瓜烂熟。

从高中起，他就老看L的号码，反复揣摩着应该发些什么短信去招惹一下L，看着看着就背了下来。

他拿到新手机的第一件事就是把L的号码存在通讯录里，只是一直不知道怎么开口，于是也一直没给L发信息。

不知道为什么，他有些害怕和L说话。

到底在害怕什么，他自己也说不清楚。

害怕L对他发怒，说他作弊，不配下棋？

害怕L误会他？

害怕L根本不理他？

直到现在L站在他面前，他才忽然明白。

他害怕L对他失望，害怕L不再理他，害怕L看不起自己，更害怕L不相信他。

他一直心安理得地享受着L把他视为对手关注的视线，直到今天他才发现，他害怕L的视线移开，他想让L看到他，而不是看到他背后的Y，是看着他。

一直以来，G都是从他的注视中汲取着动力，抽条生长。

他们是命中注定的对手，也是最陌生却又最熟悉的朋友。

他们比谁都了解对方，却又彼此疏离，在不远处看着对方成长，度过你追我赶的十年。

出事之后，所有人都对他小心翼翼地，唯有L看他的眼神，说话的语气全都和以前一样，丝毫没变。他这才感觉到安心，整个人像吸水的海绵一样舒展开来。

临走之前，L对他说："G，你要想颓废就继续颓废下去吧，如果你放弃围棋的话，我一辈子都看不起你。

"我不会等你的，G。我会继续往前走。"

说完，L头也不回地走了。

G却感到释然了。

他想从L口中听到的从来不是"我会停下来等你"这样的话，L是不会停下脚步的，无论发生什么，他都会继续往前。

"G，你如果现在停下脚步，就要追不上我了。"L是在向他宣战。

L就是这样一个骄傲的人，他们两个都是。

"白痴，谁会放弃啊。"G反应过来，朝楼下大喊。

已经走远的那人兴许是听见了，有笑声伴着风传到他的耳边，缥缈得好似流云一般，可G还是捕捉到了。

G 没想到 L 的师兄竟然会主动联系他。自从那次在咖啡厅关于棋队签约的事闹得不欢而散后，他以为未来和 L 的这位大师兄再也不会有什么交集。

还是在之前的那间咖啡厅，L 的师兄坐在他对面，很严肃地告诉他说，他的事情申诉成功，有结果了，不久后他就又可以恢复职业棋手的身份继续参加比赛了。

G 像是被从天而降的馅饼给砸傻了，连声音都在颤抖："谢谢您，太谢谢您了！可是……这是怎么做到的？明明没有证据啊……"

师兄抿了一口咖啡，意味深长地看着 G，叹了口气说："你要谢的可不是我。你小子真不赖，有很多人都在关心你。"

接着他就开始一五一十地跟 G 说着申诉过程。

L 的爸爸——九段传奇棋手主动出面为他进行品格担保；道场的老师把他过去在大大小小对局比赛中的棋谱记录都找了出来证明他的棋品与人格；污蔑 G 的那位前辈过去也和棋坛大师对过局，棋坛大师现在站出来佐证对方当初也想作弊，棋品有问题；还有他的那些朋友，隔三岔五就去棋院蹦跶一圈，搞得组委会丝毫不敢怠慢。

G 静静地听着，泪水不知不觉盈满眼眶。

他被那么多人爱着，被那么多人支持着，他们都还没有放弃，自己又有什么理由放弃呢？

"当然，还有 L，你最应该感谢他。

"他找到了那个帮忙作弊的记录员，从他那里得到了协助作弊的证词。当然，你也知道他之后一直忙着比赛，后续的证据收集是他拜托我来做的。

"G，L 真的很看重你。你知道他跟我说了什么吗？"

"什么？" G 有些发怔地看着他。

24

"L 在听说你那件事之后毫不犹豫地就来跟我说，你是被污蔑的，让我帮忙想想办法。我一开始当然不答应，毕竟我也不了解你的真实水平和棋品，轻易站队可是很危险的。可是后来 L 跟我说了一段话，让我改变了主意。

"他说就算明珠蒙尘，也改不了你是明珠的事实。

"之前是我说错了，你不是他的起爆剂，你本身也是一名非常有实力，可以跟 L 势均力敌的优秀棋手。正是因为你，L 每次懈怠的时候总能重新振作起来。你是他无比看重和珍惜的对手，是他无比相信的朋友。L 跟同龄人相处不来，从小到大很少有知心的朋友，你算是他最重要的朋友。

"希望你能继续前进，你们两个共同学习，共同进步。"

G 从咖啡厅出来后还没缓过神，他魂不守舍地沿着街道走，路过一家手机维修店，像只无头苍蝇一样扎了进去。

"师傅，我这手机淹了水还能修吗？"他从兜里掏出一部手机。

"诺基亚新款啊？应该没问题的。你稍等一下。"修手机的师傅仔细端详了一会儿便开始埋头苦干。

G 就坐在店里的小板凳上等手机修好，他看着门口小风扇的扇叶"咕噜咕噜"转啊转，街对面的小孩玩着溜溜球，树荫底下挤着许多人，不知是在下围棋还是在打麻将。

他忽然想到未来，或许在很久很久以后也会有这么一天，他和 L 都老得不能再老，退役后，就在这样一个蝉鸣不聒噪的夏天，坐在树荫下对弈。

到那时他肯定已经把 L 甩得远远的，十局九胜，然后收获一群老大妈老大爷的欢呼喝彩。

L，你给我走着瞧吧。

他在心里哼了一声。

我们来日方长。

修手机的大叔瞅了他一眼，把手机递给他："修好啦。"

"谢谢师傅。"G开心不已，从师傅手上接过手机，满意地笑了。

G打开刚修好的手机，发现容量上限为200条的收信箱爆满了。

他从头开始翻，在他比赛那天，有很多老师朋友给他发了短信，有给他比赛加油打气的，有安慰他的，有痛骂那个污蔑他作弊的棋手的，有替他出谋划策的……他注意到其中还夹杂了一条非常简短的信息：没事吧？

果不其然是L发的。

G会心一笑，继续往后翻。后面朋友们知道了他的新手机号后，给他这个旧手机发的就少了，只剩下一个人还在坚持不懈地给他发消息。

L：G，你真的没事吗？

L：我知道你肯定是被人污蔑的，如需帮助请联系我。别碍着面子不来找我。虽然我们不熟，但这点忙还是能帮的。

L：怎么不回我消息？

L：你的事有转机了。我爸还有我师兄都会帮忙。不是我要他们帮忙的，是他们觉得你有潜力。

L：G，我要去国外比赛。你的事我师兄会跟进，有问题可以联系他。

L：G，你为什么不回消息？你是要放弃下围棋吗？如果你真的放弃了，我一辈子都看不起你。

L：G，我相信你，像相信我一样相信着你，毕竟，你是我唯一认可的对手。以前是，现在是，未来也是。

该消息已被撤回，该消息撤回不成功。

L：你是笨蛋吗？那样名不见经传的小报刊也敢接受他们的采访！他们就喜欢颠倒是非黑白，不要看。

L：G，是你吗？你刚刚怎么忽然掉线了？我们还没下完。

L：我听说了，你来道场向我发了战帖。你等着。

L：G。

……

后面全都是 L 发的消息，哪怕没有回应也继续发着。

G 的喉咙哽住了，半句话也说不出来。要是 L 站在他面前，他肯定会强忍着把眼泪吞进肚子里。可现在，房间里除了他谁也没有，眼泪便忍不住一串一串落了下来。

他很久没有哭得这么厉害了，哪怕在最绝望的时候也没有。

委屈、难过、开心、感动、欣慰……如果每一滴眼泪都有名字，肯定数都数不过来。

他无比清晰地感受到自己被所有人爱着。

一路上多少人鼓励他，多少人将希望寄托在他身上，多少人为他留下泪水。他被无数人托起，跌跌撞撞地飞着，向天空中最耀眼的那颗星辰飞去。

他以 L 为目标追逐着，他将 L 视作启明星，L 也将他视作遗世明珠。

围棋从来都是两个人的事。

G：你给我发的消息我都看了。谁说我要放弃了。下一局我们再战，看我不把你打得头破血流。L 你给我等着。你等着，我马上就追上来。

L：随时奉陪。

L 回复得很快，也很简单。

L 的师兄再一次邀请他加入 L 所在的战队，还让他和 L 组队参加双人赛。他在迟疑要不要答应，想了大半个晚上。

其实，和 L 一个队说不定也不错。

做够了敌人，要不试试看做朋友？

他迷迷糊糊地想，抱着手机沉沉陷入梦乡。

梦中的世界明亮温柔，星星在天上交相映衬，熠熠生辉。

27

G被污蔑的真相终于天下大白。

围棋界最有名的论坛还专门出了一期专栏，采访围棋新锐——G这段时间的心得体会。

"那段时间真的很艰难，我很害怕，也很迷茫。但托大家的福，我没有放弃。谢谢那些帮助过我的朋友，真的非常感谢。"他这样说道。

G接受了邀约，加入了L的队伍，和L一起备战围棋双人组比赛。

根据师兄的要求，为了培养默契，他还搬过去和L住在一起，天天找法子对局。

一开始他们都很别扭，渐渐地也习惯了。

G一开始总是胜少输多，后来竟能和L打个齐平，不相上下。

他觉得跟这样也挺不错的，两人不仅有共同语言，而且L做饭比好友好吃一万倍。

他后来又去因果寺找了主持一趟。

主持依然在藏经阁睡大觉，倒是棋盘上摆着一个颇有年代感的册子，正是他苦苦寻觅的棋谱。

主持一个翻身，那棋谱便被打翻到地上。

G赶紧上前一步捡起棋谱，恰好翻到曾是无名的那一页，现在明晃晃地写着Y的名字。

也许Y不是消失了，他只是回到了属于他的时代，为自己正名了。Y不再是无人知晓，而成了围棋界赫赫有名的祖师爷。

这一次Y没有放弃，他坚持下来并成功了，这或许便是Y最后给他指导的答案。

风吹过棋谱，历史长河漫漫，无数页都浓墨重彩地刻上了Y的名字。

就要比赛了。

G 从来没经历过这么大的赛事，不免有些紧张。

进赛场前，在他旁边的 L 拍了拍他的肩，无言地鼓励着他，之后率先一步推开门走了进去。

G 看着他的背影，从孩童到少年再到青年，L 都挺拔得像竹子一样。

他曾无数次地看着他的背影，追逐他的背影。

这一次，不一样。

这次不是你追我赶，而是并肩作战。

G 往前迈了一步，追上 L，和他并肩前行。

"走吧。" L 说。

"走吧。"

他们肩并肩一同奔赴战场。

正是海棠

zhèngshì
hǎitáng

◎ 文／白金

懒癌患者一枚，重度拖延症患者，
最大的兴趣就是去刷微博超话。
微博@承花的白金

红

ZHE
ZHONG HO

深宫中的海棠娇艳欲滴，
静默地疯狂生长。

金銮殿的海棠压了满枝，
又是一年春天。

正是海棠红

文/白金

懒癌患者一枚，重度拖延症患者，
最大的兴趣就是去刷微博超话。
微博@承花的白金

楔子

这场宫变，棠输得一败涂地。

昔日一手遮天，掌控整个大内侍卫军的大统领倒了，被抄家后押入金銮殿。

棠一脸死灰，他亲手养大的狼崽凤此时身着一席龙袍，在龙椅上正襟危坐，可谓众星捧月，意气风发。

"大人。"凤一声"大人"勾起棠无限的回忆。

凤走下台，捧住他的脸，眯起眼睛，像是要看清他屈辱的表情。

白色的囚衣衬得棠更脆弱了，他跪在地上，头发凌乱，身子缩成小小一团。他一身武功被废，没有了依仗，细弱的脖颈仿佛轻易便能被折断。

突然，凤狠狠地给了他一巴掌："大人要杀我？"

这一巴掌颇为用力，棠隐隐尝到了血腥味。

"呸！"棠唾他一口，狠狠地剜了他一眼，满怀恨意道："有种你就杀了我！"

凤的手抚过他被打的地方，温热的触摸感。仿佛在疼惜他一般，凤眯起眼笑得有些天真："我居于下位这么多年，现在终于轮到大人了。"

凤挽起棠额前的碎发，柔声细语道："我好不容易等到今天，又怎么会舍得杀大人？"

01

棠初次见凤就是奉皇妃娘娘之命杀他时。

贵妃独得圣宠却不育，久而久之心疾成病。宫中怀孕的女子在贵妃的毒害下无一幸免，全都活不过一个月。

谁知，偏偏有位宫女怀了孩子不敢声张，硬是瞒住宫中众人将孩子养到七岁。

贵妃震怒，派大内统领、宫中第一高手棠趁皇上尚不知情时，先把这名不正言不顺的大皇子除之后快。

棠并不喜欢这种苦差事，却还是带着鸩酒独身前去。

谋杀龙种，诛十族都够了。可他刚借贵妃的势坐上司礼监总管的位置，此时若不表忠心，惹怒了贵妃娘娘，只怕不能全身而退。

彼时漫天白雪，寒风料峭，枝上绯红的梅花在风雪侵蚀下狼狈不堪。棠穿一件玄色大氅，他虽武功高强，长相却极为阴柔，不像那满是肌肉的侍卫，一双凤眸颇带气场。

凤年仅七岁，躲在母亲身后畏畏缩缩，一双眸子怯怯地望着棠。

宫女跪在地上撕心裂肺地苦苦哀求，棠心硬，早就见惯了宫中的生死离别，他低头瞥了她一眼，淡淡道："大内从不允许人私怀龙种，你若识趣就自我了结，或许我还能保下孩子一命。"

棠从未打算真的听贵妃的命令除掉凤，皇帝登基十年未有子嗣，若是背着众人留下唯一的龙种，他日必有大用。

宫女能在人多嘴杂的宫中偷养皇子七年，也是聪慧之人。闻言，她含泪拉着凤跪下，颤声道："凤！你给我记住！从此大人让你做什么你便做什么！无论什么事皆听大人的！"

宫女知道，只有听棠的话，她的儿子才能活得久一点。

凤年纪小，抱着母亲哭得不省人事。

"我儿好好活着。"宫女亲吻儿子的额头，然后饮下鸩酒，嘴角含血地摔倒在地上。

面对宫女自裁和孩童哭啼的悲惨场面，棠只是上前探了探女人的鼻息，再抱起小脸哭得皱成一团的凤，柔声安慰道："殿下，从此以后你便跟着我吧。"

0 2

嘉兴二十年。

十七岁的凤身着藕粉色的褙子躺在草地上发呆，见棠过来，他顿时两眼发亮地上前拉他纤细的指尖："大人回来啦！"

棠把凤带回来，不过是想养个傀儡皇子为自己的日后做打算。但他又怕贵妃起疑，正巧凤小时候长得极其秀美，于是这些年，他都让凤扮成女孩模样，对外声称是他老家的一个妹妹。

小孩扑了过来，棠不动声色地躲了一下。

凤虽只有十七岁，却已比棠高了些，五官也越发像皇上，明眼人一看就知是怎么回事，所以棠不怎么让凤出门，害怕事发。

棠温柔地笑："殿下小心些。"

"大人你不知道！今儿夫子夸我是千年难得一见的人才呢！说我文章写得好！"凤讨赏似的把脸往棠的手心蹭。

"哦？是吗？"棠面上笑得如沐春风，心中却隐隐有些不悦。

若凤资质平平，日后棠才好拿捏他。可偏偏凤聪慧过人，棠已经不知听了多少先生感叹可惜凤是个女儿身，不然能入朝为将为相。

"大人你不高兴吗？"尽管棠没有表现出来，凤却敏感地察觉出了他的情绪，脸顿时就垮了下来。少顷，他道："大人若不喜欢我读书，我不读就是了，我只想让大人高兴。"

棠安抚地拍了拍他的背，轻描淡写地说："怎么会？殿下喜欢读书我当然高兴，殿下想要什么奖励？被先生夸了，总要庆祝庆祝。"

"奖励？"凤惊喜地笑弯了眼睛，他盯着棠片刻道，"明日让我帮大人涂口脂可好？我好久没给大人涂过了！"

棠皱起眉头，凤毕竟是个男孩子，扮成女孩免不了略施粉黛。

小时候凤刚进棠宅，每天晚上不抓着棠的一缕头发便不肯睡。次日棠一醒，凤便缠着棠跟自己一起束发涂口脂，棠让他弄得不胜其烦，但只要他厉声呵斥，小孩便张着嘴哭得可可怜怜的，棠只得纵着他。

"殿下还是换个奖励吧。殿下成人了，这样不成体统。"棠婉拒道，他并不爱与人有肢体接触。

"怎么小时候都可以，长大就不成体统了？"凤瞪圆了眼睛，面露不满地轻声嘀咕，"要是这样还不如不长大！我小时候大人什么都依着我！"

"殿下莫说胡话！"棠训斥他。

"棠，棠。"凤扯着嗓子，抱住棠的胳膊，"那晚些时候大人给我按按头吧，我一动脑筋头就痛得要命！发作起来能恹恹一天，疼得我天昏地暗！"

说着，凤把棠纤细的手指拽住，目不转睛地盯住他："大人给我揉揉就不痛了。"

这次棠倒是没躲，他叹了口气："殿下要好生吃药啊。"

35

凤虽然聪慧，年纪轻轻却得了头痛的怪病，只要稍稍想点东西，便头痛难忍，药没少喝，却总不见好。

03

"统领。"

戌时，天色暗尽，府上的掌事在棠耳边细语："今日白天殿下惹了事，他在酒肆找人教训了张泽瑞的小公子，可碰巧张泽瑞也在那酒肆，和小公子说了两句话。"

棠闻言面色立即变得铁青，他抿紧了嘴唇，喝退管事，一人坐在烛灯前思索。

张泽瑞是当朝宰相，此人看不起大内侍卫，和棠极为不对付，凤见他是做什么？

说起来，这些年棠对到底要不要扶凤上位已心生疑虑，凤太过聪慧，唯一有用的大抵是他极其依赖棠，可若他有了二心……

棠按在老爷椅上的手指微微用力，手腕上青色的血管暴起。

"大人！"少年雀跃的声音响起。

棠抬起头，便见凤挑着灯掀起了门帘，火光印在他深不见底的眸子里，显得天真无邪。

见棠看他，凤的唇角勾出一个深浅适宜的弧度："白天不是说今晚给我按按头吗？"

凤惬意地躺在棠的黑漆贵妃榻上，贵妃榻不大，但棕红色梅花床幔高高悬在头顶。棠半跪在地上，手指插在凤的发丝中，微微用力。

棠的皮肤比寻常人白皙些，手保养得很好，指节圆润，就连指甲都精心修剪过。他跪在那里的样子颇为乖巧，露出半截修长的脖颈，看不出是深宫中翻手为云覆手为雨的大内统领。

凤目不转睛地盯着他看，软软地跟他说："大人手嫩，都不像习武之人。"

棠陪凤说着话，却有些心不在焉，良久后他话锋一转："我听说殿下今日出去跟人起了争执。"

凤本还笑着的脸顿时僵硬了起来，他顿了顿，发起狠来："是不是总管告诉大人的！他真是该死！大人整天这么忙，还拿鸡毛蒜皮的小事让大人烦心！"

叹了口气，棠的手指顿住："这哪儿是小事？殿下可知那张泽瑞是当朝宰相，殿下又与圣上如此相像，若是让他看出了什么怎么办？"

想起张泽瑞的儿子，凤愤怒道："他一个小儿竟敢在酒肆辱骂大人！我碰巧听见，本来只是找人偷偷教训了他一把，却没想到他老子在二楼，就把我喊上去问话。

"但大人放心！"凤坐了起来，想上前搂棠，却被他躲开，"我装作是个哑巴，一个音节都没发出。再加上平时我装女子也装惯了，保准他看不出来什么。"

37

棠皱起眉头，极为不悦道："殿下怎知他看不出？当朝的大臣哪个对我没有意见？我自己都不当回事，哪里用你帮我出头？张泽瑞这人精得很，若是他看出了什么破绽我也不要活了！我看殿下是闲得发慌，不如最近都关在宅中反省。"

虽然平日棠对凤毕恭毕敬，唤他"殿下"，但这偌大一个宅子里，凤没有一个心腹。棠并没有给凤一星半点的实权，棠才是真正的说一不二。

见棠冷了脸，凤心中顿时发慌。

"我就是见不得大人受一点委屈……"凤垂下眼睛，眼眸暗了下来，他缓缓地扯住棠的手拉他坐在床上，自己矮下身子，慢慢地把下巴搭在他的膝上轻轻磨蹭，委屈道，"大人是不在乎，可我听见他辱骂大人，我心里难受极了，又哪里能顾及那些。"

凤情真意切的神情显得有些可怜："他找我问话时我又担心又害怕，

好不容易挨过去，回来大人还要骂我！"烛光映在凤脸上，显得他的五官格外柔和，"若是我能一辈子侍奉大人，要我死了也值得。"

棠凝眸注视他片刻，声音柔了："殿下别说胡话，我又怎么会让殿下死？殿下日后是要当皇帝的人，等到了好时机，我定为殿下正名！"

室内气氛刚好，却有宫女不识趣地敲门："小公子，药。"

宫女端着的是专治凤头痛的药，由专人熬制，凤每日都要喝。

棠亲自接过那盏黑苦的药，拿起汤勺，嘴角含笑地对凤道："我侍奉殿下。"

04

大雪压枝。

棠虽武功高强，但习的是阴气极重的招式，长年累月下来毁坏了经脉，所以他总是一副病恹恹的模样，就连身子骨都比寻常男子瘦弱许多。

棠披着大氅从宫里出来，心事重重。

皇上的身子越发差了，可他年事已高膝下却无子。太医背地里告诉棠，皇上的身体已生不出别的子嗣了。

这是说出凤身世的最好时机，可棠却犹豫了——宗室有个一岁的婴儿，是一位去世亲王的独子。如若没有凤，那婴儿便是唯一与皇上有血缘的孩子。

婴儿更好控制，但若选择了婴儿，那凤就不能留，一头是铺了十年的暗线，一头是看似更容易走的路，棠深深地犹豫了，他的脑海中浮现出凤的笑容。

棠皱着眉头搓了搓手，心道，要快些做决定了。

"冻着了吧！"凤雀跃的声音打断了棠的思绪。

少年裹着粉红色披风立在雪中，他的五官已逐渐硬朗，颇有英气，看到棠便嘴角含笑。

凤小跑着上前往棠手中塞了一个汤婆子，邀功道："除了我，大人身边就没个知冷知热的人了，也就我整天惦记着大人。"

年末宫里事忙，棠已小半个月没回私宅了。

抱着暖烘烘的汤婆子，又有个热乎乎的人往身边靠，棠一下子暖和了大半。他看了眼少年冻得通红的鼻子，笑道："殿下等了多久？"

"从听到大人今日要回来我就在这儿了。"凤拉住棠的一只手在嘴边哈气，"后天是我的生辰，大人那天可要回来！我才不要一个人过生日呢。"

"那日我定回来。"棠没扯回自己的手，任凤拽在手心里。

"那日大人要戴我送的玉佩，你说贵重就总是不戴，我生辰那天可要戴上！"

他们一边说着一边往宅子里走，少年抬头轻快地笑，宛若一幅美好的画卷。

39

入夜，棠躺在书房的躺椅上闭目养神，管事端着姜汤推门进来。

"我屋子里放梅花干什么？"棠眼皮都不抬，有些恹恹的。

一束梅花被精心地插在瓶子里，清香扑鼻，显得书房里倒也不沉闷了。

"小公子放的，说是给统领解解乏。"管事话锋一转，"自上次丞相见了小公子，他就一直打听……昨天晚上，我还在府上抓出个丞相府的线人来。"

棠猛地睁开眼睛，急火攻心，发作道："你是干什么吃的？宅子里还能混进线人？"

管事一把跪下，登时冷汗直流，磕头道："小人该死，小人该死！"

"自己下去领五十板子！看好小公子，要是他和丞相的人碰了头，你就等着死吧！"

窗外又下雪了，棠命人把窗关上，心烦意乱。

05

棠曾有个侍卫师父。

彼时棠还是个低阶的侍卫，师父却已在皇上身边当值，因为英勇而深得皇上赏识。

那年盛夏，皇上的爱犬误入了深林，师父奉命跟人去深林中寻，却跟众人走散了。等再找到人时，师父及那爱犬皆已成了深林中老虎的口中餐，可他临死前还忠心耿耿地将皇上的爱犬死死护在身下。

棠亲眼见皇上寻来抱走了狗的尸体，唉声叹气："可惜了朕的爱犬。"

师父残缺的尸体在皇上身后无神地睁着眼，皇上却连看都没看上一眼。

棠无言地上前，合上了师父的眼睛。从那之后，棠懂得了一个道理，在这深宫中，若没有权势便只能任人拿捏，连皇上身边的畜生都不如。要想生存，便要站得比谁都高。

凤生日那天，棠总有种不好的预感，心中发麻。偏偏这天宫中事多，傍晚他才得空回去。

天色黑得吓人，乌云压得极低。

拿着提早准备的长生锁，棠来到凤的院里给他庆生。

凤穿着一袭红衣坐在主席，面前是一盘盘上好的菜，看得出他在等棠回来，筷子都没动。

棠难得有些歉意，把礼物递给他，含笑道："殿下等我等久了吧？我回来晚了先赔不是，这是早先我托人做的长生锁，棠祝殿下长命百岁。"

"大人真的想要我长命百岁吗？"凤冷道，他脸色很难看。

棠当他是小孩子闹脾气，劝道："都是我的不是，我先自罚三杯。"

烈酒入喉，棠扬了扬酒杯冲他眨了眨眼："殿下消消气。"

"前些天我偷偷跑了出去，本来想帮大人寻个礼物，却碰巧又见了张泽瑞，他猜出了我的身份。"凤突然道，他死死盯住棠，"大人猜他跟我讲什么？"

棠猛地抬头，心中万丈波澜，面上却不动声色，他摇了摇手中的酒杯："哦？他跟殿下说了什么？"

"他说……大人寻了一种西域慢性良药，只要长期喝下去，便会落上偏头痛的毛病。只要思考，便会头痛。久而久之，虽然不至于傻痴，但也会成为思维迟钝的废物。"凤死死地瞪着棠，"大人有没有觉得这病症有些耳熟？"

看来张泽瑞的心腹在府中打探到了大秘密，棠心中有火，却又不能立即发出来。他放下手中的酒杯，和凤对视良久，冷静对峙道："殿下竟要因为他人之言而无端揣测我吗？"

"为了测试此话是真是假，前几天我亲自把药喂给后院的一只幼猫，想看看大人到底有没有骗我。大人可知那幼猫如何？"凤眼睛通红，他猛地掀翻了桌子，"它整个昏死了过去！

"大人怎么可以这么对我！一边给我按头，一边害我！"心如灼烧，凤只觉得一直以来的信仰轰然倒塌，一种蚀骨般的痛涌上心头，"大人不想我出头，不想我成才，我没有怨言！可大人却偏偏要舍近求远加害于我！"

"殿下听我解释！"棠不想十年心血毁于一旦，他皱起眉头试图安抚，"这一定是有小人从中作祟。"

"还有什么好解释的！"凤上前狠狠地禁锢住棠的肩膀，不知何时，他的力气已经这般大了，抓得棠生痛。

"大人没有心吗？"凤眼角含泪，拼命质问他，"大人没有心吗？养我这么多年，就算是养小猫小狗也不至于这般！"

十年心血此刻毁于一旦，棠眯起了眼睛，说对凤没有感情是假，但真情在棠面前比不过权势半分。

"殿下是不信我了？"这句话是问句，却更像是陈述事实，棠冷冷地盯着凤的眼睛，这些天的纠结像是突然有了明确的方向。

41

"我也想信大人！是大人不给我余地！"凤两眼发红，歇斯底里道。

棠的心中闪过无数个画面，有凤笑着叫他大人的，也有他还是个孩童时缠着他的。

但无数个美好的画面都抵不过片刻的理性，棠看着凤愤怒的面孔，终于下定了决心——凤不能留！

棠面无表情地拔出侍卫腰间的佩剑，剑尖直指凤的眉心："我本不欲杀殿下，是殿下逼我。"

棠一袭白衣，黑色的披风还没来得及褪去，是凤最爱的一副温文尔雅又不失威严的模样，但他满心崇敬的人此刻却要杀他，蚀骨的痛浮上心头，凤只觉两眼发黑。

"大人竟真要杀我！"凤难以置信地看着棠，眼泪顺着脸颊流下。

原来棠只是披了一层温柔的皮，内里却是如此阴狠无情，凤只觉得这十年简直就是白活了，不由得仰天大笑："哈哈哈！我这十年真是可笑至极！不过大人算计来算计去，却只能竹篮打水一场空了！"

"什么意思？"棠皱起眉头警觉道。

倏然，雪地里传来一道太监细细的声音，棠听出那是皇上身边的小太监："圣旨到！"

棠登时愣在原地，满脸的不可置信。

"我已让张泽瑞向皇上禀报了我就是唯一的皇子之事。"凤端起桌上的酒一饮而尽，目眦欲裂，"大人等着，既然大人不顾及凤的一片忠心，我定要让大人好看。"

06

嘉兴二十年，大兴终于有了皇子。皇上大喜，命即日便举行太子的册封典礼。昔日猖狂至极的贵妃凄凄凉凉地被打入冷宫，棠则因护皇子

有功而获大赏。

表面上棠风光无限，可他心里再清楚不过，若是他日凤即位，他定是一个死字。

册封典礼那天，棠站在皇上身后，默默地注视着他养大的少年长身玉立，身着金纹黑袍的太子服，众星捧月般地从数百阶台阶下缓缓而至。

凤微微抬眸瞥了棠一眼，棠清晰捕捉到凤浓浓的恨意，他温顺地垂眸，心底的阴霾却野蛮生长。

筹划了数十年的棋局因一次放松警惕而溃败，棠怒火中烧，恨不得现在就去抄了丞相府。不过幸好，凤碍于他多年积累的势力，并未告诉皇上实情。

在文武百官面前，棠望着自己亲手养大的孩子忽而有一瞬间的恍惚，从前他一人之下，万人之上，欺君罔上，权势滔天。可当他目睹皇上笑呵呵地昭告天下，凤将为天下之主时，那一刻，棠感受到了深深的威胁。

43

亥时，歌舞升平，皇上特地为凤摆设晚宴。

宴席上，文武百官纷纷向皇上贺喜，棠给皇上斟酒之时，听身边的嫔妃掩面笑道："臣妾看太子品貌都是一绝！皇上要早日给他婚配才是，为皇家开枝散叶！"

皇上看着台下被人群簇拥着的凤，笑道："我看张泽瑞家的姑娘就不错，棠，你可听说过什么？"

棠垂下眼眸，心底不为人知的阴暗涌起，他作揖上前道："奴才听闻宰相家的姑娘虽是才女，却格外瘦弱，怕不好生养皇子。"

"唉！"皇室凋零，格外需要子嗣。皇上叹了口气："真是可惜了。"

宴会至一半皇上便乏了，棠送罢皇上，回去的路上行至御花园，转身便瞥见出来醒酒的凤。

凤穿着一身玄色金纹外衣坐在那初春的绯红海棠花丛中，朗朗月光下，均匀的骨架虽不算健硕，但也已是结实。

棠冷冷地瞥了他一眼，昔日他看惯了凤一身红衣扮成女子的样子，猛然看他这般，有种物是人非的不真实感。

　　"大人？"凤也看见了他，眸光顿时暗了下去。

　　棠垂下眼帘，宴会人多嘴杂，此处虽无外人，却也不是个与人争执的好地方。

　　棠转身欲走，却被凤不依不饶地拽住了手腕。

　　"奴才见了主子都不行礼吗？"凤一脸阴沉，一副要找麻烦的模样。

　　此处没别人，棠用不着敬他，他用了些功力一把甩开凤，冷道："主子？"

　　凤一个踉跄，堪堪站稳，怒极反笑："大人真是懂怎么气我。

　　"父皇在为我选太子妃，我还纳闷，怎么我在大人府上，大人却连个丫头都不给我配？"凤轻笑，"我现在才悟过来，不是大人小气，是大人根本都不懂这些吧……"

　　"啪"，棠勃然大怒，反手给了凤一巴掌。棠从来都是一心扑在朝政上，向来不近女色，凤竟拿这折辱他，棠恨不得现在就将他生吞活剥了，大骂道："你找死！"

　　他这一巴掌极重，凤连退了几步跌在身后的海棠花丛中才稳住身形。抬手蹭掉嘴角的血迹，凤满眼阴霾地狠狠盯住棠，双手青筋暴起，在背后收紧，却拽下一朵艳红的海棠。

　　凤踉踉跄跄地走上前，直勾勾地与棠对视。他扬起手把红艳艳的花瓣轻佻地插在棠束起的头发上，火红的海棠衬得棠的皮肤白皙得过分。

　　凤暗下眸子，勾起了唇角，他心中怒意泛滥，故意挑衅道："我看大人就好得很！"

07

　　北边蛮夷入侵，凤的太子位还未坐稳，便请命北伐。

宰相张泽瑞有些疑虑，献言道："此次北伐必定是恶战一场，太子为何如此心急收揽兵权？况且太子在京中的势力还未扎根，还是稳妥些，徐徐图之。"

凤淡然道："棠容不下我，京城我定是待不下，父皇的身体也一日不如一日，还不如早日收揽兵权，京中还望丞相为我多多谋划。"

皇室凋零，皇上又怎么舍得唯一的儿子亲征？但耐不住凤任性，长跪在金銮殿外，终求得皇命。

凤走的那天，皇上率文武百官簇拥着亲自给他送别。

他一身盔甲，威风凛凛，趁人不注意，一把拽住了棠的衣襟，俯身道："大人等着，待我归来之时，便是大人俯身受辱之日。"

棠瞪大了眼睛，猛踩他一脚，推开凤，他心慌地左右环顾，见无人发现才立即垂下头去。

越想越气，棠气得剁脚，见众人目光都在皇上身上，他低声对凤咬牙切齿道："你能活着回来再说吧！"

08

两年后，漠北。

"殿下，我们终于到这个地步了！"凤侧头看着身边的谋士兴奋又克制的神情，心思却飘远了。

凤在漠北待了整整两年，也在边疆苦苦守了两年。两年了，他终于打到了漠北的都城之下。

漠北是极冷之地，入眼便是白茫茫的雪和泥泞的路，说句话都能带起一阵白雾。初来乍到，凤受不了这刺骨的寒冷还生了一场大病，迷迷糊糊间他梦见了棠，梦见他如墨般的眸子，冲他笑，温润地唤他"殿下"。

凤恨极了他，却又崇敬他。

凤恨棠心狠，留给他的只有时时的头疼难忍。他服药过久已经有了病根，发作起来疼得在帐篷里打滚。可棠前半生对他的照顾，日复一日地陪伴，又怎能说断就断？

凤病得神志不清时，曾写了一封信。

信上他情真意切地诉说自己的思念，说自己打心底就已经原谅了棠，愿意不计前嫌，想回到之前在宅子无忧无虑的日子，纵使棠还要给他喂那害人的药，他也愿意。

可等神志清醒过来，凤又恨自己没出息，把信扔在枕头底下再也不看。

"只是小胜，万万不可掉以轻心！咳咳！"凤肩膀处中了箭，伤口还在渗血，只能由属下搀扶着，"蛮夷狡猾，又是穷途之末，虽是最后一战，却定是一场恶战。"

蛮夷凶狠且善战，而凤后方，官员勾结贪污，粮草军饷供应不足，局势极为凶险。这两年凤过得憋屈，他起初只是为了活命才来漠北，但待久后已逐渐有了民族大义。他不止一次地想过，他日若是登上王位，他定要大大赏赐士兵，惩罚贪官。

"报！"远处士兵骑马赶来，"殿下！那蛮夷见已经无路可逃，竟主动出击！前线告急！"

闻得此言，凤的眸子顿时暗了下来："全军听我命令！最后一战给我死死围住了！蛮夷胆敢出来给我格杀勿论！"

层层火光下，他眼神炯炯，可待将士离开营帐，凤便再也撑不住了，"哇"的一下一口血吐出来。

身边的侍卫连忙上前，凤一边咳嗽一边对他道："此战凶多吉少，你去把我枕头下的那封信送到京城，一定要亲手交到棠手上。"

在如此生死关头，凤心里却只有千里之外的棠，他已不想顾什么颜面。

兵戈铁马，短兵相接，纵使身上有伤，凤也骑上战马亲自上场与将士们一起厮杀。

从天刚蒙蒙亮到血色黄昏，凤的手再也拿不起兵刃时，他们终于俘虏了最后一个蛮夷。

放眼看去，早已血流成河，战场上有士兵说不出是愉悦还是伤痛地哭喊："胜了！胜了！"

就在凤跪在地上久久难抬头时，后方线人附耳来报。

"殿下，皇上驾崩了……棠昭告天下，那孩童将为新任天子……丞相也薨了。"

如遭雷劈，凤深深地闭上了眼睛，他想，这世间再也没有比棠做得更绝的人了。

良久，他双目猩红地冲侍卫吼道："去！现在就去把那封送给棠的信追回来！要是信真到了他手上！你们都去陪葬吧！"

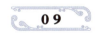

09

阳春三月，海棠花一簇簇地开满了整个皇城。

皇城外大军压城，密密麻麻的黑甲仿佛一朵朵乌黑的云。凤坐在马上仰望城门，身后是成群的将士。

接到线人消息后，趁着漠北大胜，凤率军一路打进京城，路上虽有官兵阻拦，但腐朽的王朝完遭不住他训练有素的军队的袭击。

亲信冲城内喊道："何必苟延残喘，我们主上仁慈，只需棠出城和主上一战，主上若是输了便立即撤兵，绝不滥杀无辜！棠，出来迎战！"

城内，棠把黑发高高束起，从腰间抽出透着寒光的剑，剑身映出他如墨般的眼眸。

身旁的小太监吓得发抖，怯生生地唤着棠："大人何必真的出去，我们就算死守在城内也能守好些时日。”

棠瞥了他一眼，扬起了剑，顿时寒光布满整个屋子：“已经走到这一步了，我亲自杀他。”

春风吹，战鼓擂，两番人马在城外无言地对峙。

凤早就不是以前那个瘦弱的孩童了，经过沙场的磨炼，他坐在马上比棠还要高出一截。

棠身着红衣骑着白马与凤短兵相接，凤的剑刺过来时，那惊人的力道令棠皱了皱眉头。

就在两人打得难分难舍，难分高下之时，春风带起了棠腰间暗红的连襟，露出腰间的玉佩。

凤瞥了一眼便晃了神，棠逮住机会一剑狠狠插入了他的肩窝。

“咳咳！”凤只手握住剑，不让棠往更深处插，鲜红的血浸湿他白色的衣襟，他仰天大笑，“我生辰那天要大人戴我送的玉佩，大人晚上当值回来给忘了，今日生死之战，大人却要戴着这玉佩让我分神，大人好手段！”

“趁早认输。”棠的剑又进去三分，他抬起下巴倨傲道，“你不是我的对手。”

“呵。”凤无惧地跟棠对视，直勾勾的目光宛若战场上的鹰。

不顾手上的疼痛，凤硬生生地拔出棠插在他身上白晃晃的剑刃，肩窝处顿时现出一个血窟窿，凤仿佛没有看见般地嗤笑道：“大人，凤早就不是当初的那个孩童了啊！”

满手血迹，凤抬手将鲜血蹭在了棠的脸上，宛若一抹艳红的胭脂：“待我降伏大人，再为大人抹胭脂。”

棠眸若寒霜，举剑再次袭来。

深宫中的海棠娇艳欲滴，静默地疯狂生长。

尾声

绿衣是金銮殿侍奉新皇的宫女，深宫里的嬷嬷告诫她，奴才就要管住嘴，不嚼舌根才能活命。

于是她每日战战兢兢地守护着新皇的秘密，唯恐不小心透露出去被割了舌头——皇上的金銮殿内有一位故人。

故人皮肤白皙，宛如寒冬的新雪，漂亮的瞳孔有种清澈的易碎感，说起话来温声细语，仿佛一场没有痕迹的雨。

听身边的小太监说，那位故人现在虽被废了武功，却仍侍奉皇上左右。

新皇对故人奇怪得很，喜怒无常。

绿衣曾撞见新皇温和地为故人梳头绾发，故人却似不太高兴。

她也曾看见新皇因顽疾发作发疯似的掐着故人的脖子，那狰狞的样子简直要把人生吞活剥，新皇嘴里喊着："棠你为什么要害我，为何对我这般无情无义！"吓得她连忙往柱子后面躲。

可过了半个时辰，等新皇平静下来，他又拽着那位故人的头发躺在贵妃榻上紧闭着双眼，故人神色平静地跪在旁边给他按头。

新皇生辰那日，宫女无意间听到皇上低沉着声音，带着醉意，语气狠厉："棠，我恨极了你！倘若我先死，也一定要你同我一起葬于皇陵！"

这深宫里，绿衣要想保住命，只有沉默做事。

金銮殿的海棠压了满枝，又是一年春天。

49

有

y
o
u

那一刻，
是棋逢对手，
也是共舞风月。

他不再是茕茕孑立的舞者，

他是人世间最清雅的一只鹤。

俐俐温

一个平平无奇的码字机罢了。

微博@俐俐温

h

è

鹤

有鹤

ㄧㄡˇㄏㄜˋ
yǒu hè

文/俐俐温

一个平平无奇的码字机罢了。
微博@俐俐温

01

当手上的伤口中钻出一只黑鸟时，惊得 Z 差点原地去世。

他眨眨眼，再眨眨眼，想以最近训练太累眼花了为由，说服自己这是个幻觉。

可那只鸟圆滚滚的小脑袋拼命地从他的皮肤里一寸寸地挤出来，通体漆黑，黄色眼圈，在宽阔的训练室外跌跌撞撞地飞了好几圈，甚至实实在在地尖鸣了一声。

Z 低头看自己的手，伤口还是那个平平无奇的伤口，可 Z 已经成了呆若木鸡的 Z。

他下意识地去摸口袋，想掏出手机查一查，但口袋空落落的，手机早就被强制上交了。

Z愣在原地，全身绷紧，一颗心沉得像灌了铅。

他露出惊惶无措的神情，不知道为什么会从手上的伤口里飞出一只黑鸟。

已是深夜，连摄影室那边的工作人员都下班了，从训练室出来的队友喊他一起回宿舍。Z看着队友神色闪躲，艰难地问："你，你觉得，人的伤口能长出飞鸟吗？"

队友：？

"就，凭空出现，它忽然就飞出来了。没一会儿就飞走了，不知道还会不会回来。我跨国来参加节目，难道是因为水土不服吗？"

队友皱眉，拉着他离开："赶紧找节目组要回手机，查查这里哪个医院的精神科比较好。"

"不，不用了！"Z挣开他，生怕自己真被当成精神压力过大而说疯话，到时候可别"因病劝退"。他干巴巴地笑了两声："我跟你开玩笑呢！你先回去吧，别等我了。"

海岛凉风习习，队友走后，他又在外面多站了一会儿，想把今天的怪事忘掉。

使劲儿闭了一会儿眼睛，再睁开——很好，那只黑鸟又回来了。

Z深吸一口气，准备对它视而不见，刚迈开脚，就听见身后有人叫他："Z！Z！"

是Y。

普普通通的训练服穿在他身上分外熨帖，清新的绿，衬得他像一段清秀的竹子。

Y小跑着从训练室出来，微喘着气，面色有些泛红。Y有些犹豫，指着夜空盘旋的飞鸟，问："这只乌鸫怎么跟着你？"

原来黑鸟叫乌鸫，Z想。

有了队友建议他看精神科的前车之鉴，Z不敢多言，只含糊地回答："不知道啊，从哪里飞来的，不重要，别管它，我们回去吧，明天，明天还有表演呢。"

他汉语本来说得磕磕绊绊，此时语速却很快。

Y的目光稍稍黯淡了一下，说："哦。"Y手上拿着外套，见Z看过来，他有点紧张，突然把手往后缩了一下。

Z了然，笑了笑，俯身与他耳语："你衣服底下偷偷藏了手机吧？没关系，我不会告发你的。"

Y脚步一顿，神情有点尴尬："啊？啊，是的，你要帮我保密。"

Z使劲儿点了点头，眉目柔和，Y本就是他非常欣赏的对手与朋友，有了一个秘密，他们的关系显然会更亲近一些。

Y朝他笑，左眼下眼睑细小的泪痣将整个表情衬得生动又漂亮。

Z想起初选那日，他与Y那一场令人难以忘记的表演。

釉白青花似的水袖与炽热樱红的西装交缠，不同风格文化艺术的碰撞，无疑是节目里浓墨重彩的一笔。

那一刻，是棋逢对手，也是共舞风月。

Z自十七岁夺得世界街舞大赛冠军，林林总总赞誉无数，但此时他觉得，自己纵横舞台多年，好像等的就是这样一个瞬间。

02

平常练习，要做无数动作，舞动、拍打、撑地、对节奏……舞者手上偶有伤口是再正常不过的事。

不正常的是，Z这次虎口的伤口没有一点要愈合的意思，甚至迎来了第二只飞鸟——黑卷尾。雀形长翼，叫声嘈杂，动作敏捷，甚至比上一只还要聒噪。

Z此次淡定许多，甚至把鸟放在手心捋了捋羽毛，它抖抖翅膀，又要走，他便目送着它飞远了。

他转身去园区后边的自行车棚，今夜星光灿烂，又是难得的休息时间，他准备在海岛沿岸骑行兜风。

车棚里灯光很暗，Z远远地看到有个人影，拿着钥匙在那儿开锁，开了半天发现锁纹丝不动。Z走过去，站在一旁，幽幽地问："是不是打不开？"

Y一抬头，看见Z抱着手臂，好整以暇地看着他开锁。

Y站起身，白皙的皮肤在夜灯下发光，真挚发问："对啊，怎么打不开？"

"打不开就对了，因为这是我的车。"Z哈哈大笑，跨步上前，拿自己手中的钥匙，轻轻"咔哒"一声，锁开了。

Y傻眼，再仔细一瞧，发现这辆只是跟自己的车外形相似，亏他开了半天。

Z没有取笑他，而是从他手中拿过钥匙，再走两步，到另一辆车面前："Y，这个是你的吧？"

钥匙插进去，果然是。

"你也要骑车去转转？"Y跨坐在自己的车上，理好手上的护腕，准备与Z一同出发。

"对。"Z兴奋道，"海岛的凉风很舒服，本来还觉得一个人很无聊，还好遇到你了。"

"等等，"Y又从口袋里拿出另一对护腕，叫Z过来，递给他，"把这个戴上，万一摔着了能防护一点。"

Z没有用手心来接，而是把一双手背着伸过来，像个动作乖巧的小学生，俨然是等着Y亲手给自己戴上。

Y顿了顿，轻笑一声，掠过他虎口的伤痕，伸手给他左右边套上，故意跟他调笑："小少爷，戴好了。"

Z听差了，以为Y是在自称小少爷，Z笑出一口白牙："小少爷！我以后就叫你小少爷！"

Y 不同他分辩计较，只当是二人之间的昵称。

二人从园区行驶出去，走向滨海公路，一路骑过去，晚风沁凉舒适，身心放松许多。

Z 身材高大俊挺，一双长腿蹬得飞快。

Y 使出全身的劲儿，气喘吁吁地跟着他，实在跟不上了，就只能大喊："Z！Z！慢一点！"

Z 就停下来等等他。

远处有零星几点渔火，海浪从月边来。长时间骑车，Y 的脸颊红扑扑的，他体力有点儿不支，就叫 Z 一起停在路边，两个人坐在马路牙子上看沉谧的海水与轻盈的浪。

一只黑卷尾从旁边掠过，飞过他们二人，过了一会儿，它又来绕了一圈，最后落在 Z 的肩膀上。

Z 见了"老朋友"，伸手去逗它，Y 见了，也欲去抚摸它，可黑鸟鸣叫几声，振翅欲飞，Y 便轻收回手，盯着它一点一点地飞远。

Z 的目光穿过海岛，望向他家乡的方向，打开了话匣子，说他家乡的鹿是天赐的动物，家乡的烧烤是真的好吃，家乡的歌舞伎町一番街，那里灯火通明，但不是什么好地方。

Y 觉得新奇，又想起自己曾经待过的北城，就提起大觉禅寺的红绳坠子、晨钟暮鼓、山间菩提。

二人你一句我一句，倒也有点鸡同鸭讲的快乐。

远处有一堆篝火，他们凑过去瞧，舞曲洋溢，原来是游客围在一起跳舞，见他们来了，热情地拉着他们过来。两人怎会客气，相视一笑，与游客跳在一处。

正是一阵古风音乐响起，Y 的专长，他舞姿轻盈，就像从身边匆匆穿过的，一阵莽撞又快活的风。

Z停下来，望着Y，目光灼灼，像在看一个浑金璞玉的小神仙，他不懂国风舞蹈的奥义，只看见Y纯稚清明的一颗心。

海岛属于热带季风气候，三月后，空气就开始渐渐湿热起来。

园区里有一排排挺直的椰子树，天气有点热，正好是自由活动时间，选手们在运动场上打球。Z刚跟人打完一局网球，又被叫着去打了篮球。

他个子高，运动天赋也好，队友曾在舞台评价他说，随便给Z一个音乐，Z都能跳得很好，现在又多一句——随便给Z一个球，Z都能打得很好。

好不容易休息一会儿，Z隐隐觉得伤口处有动静，他连忙走到一个偏僻的地方，果然，又一只黑鸟如期而至。

Z已经见怪不怪，等鸟飞走，他从偏僻地出来，远远看见一棵椰子树旁，Y在一截树的阴影下，没有跟其他队员一起，而是坐在一个藤椅上，独自移动手臂，练习舞蹈手势。

Z跑过去，身上汗涔涔的，躺在Y旁边的躺椅上，扔给他一把蒲扇，让他帮忙扇扇子。

Y看着他，莫名说了声："你人缘挺好。"听着有点阴阳怪气，Y咳了两声来掩盖，语气凉凉道："不帮。"他目不斜视，又把扇子丢回给Z，没看他，也没反应，就继续练习。

Z不明所以，在闭眼快睡着的时候感觉到脸边慢慢有风吹过，他眯眼去瞧，发现Y仍然认真地扭转手腕，绑着护腕的右手在练习翻转的动作，左手却伸过来给他扇着扇子。

Z心里"扑哧"笑了一声，他知道Y心善，不会对自己视而不见的。他伸手握住Y纤白的手臂："谢谢小少爷，我凉快多了。"

他拿过蒲扇，换他往Y那里扇，却见Y忽然抬头望着树叶之间开口说："是白骨顶。"

在众人眼里，那只是一只普普通通的黑鸟，无人知晓这鸟其中的奥秘，也不会将它放在心上，但Y不同，他好像什么都知道。

Z顺着他的目光看过去，瞧见今天从他手上飞出去的那只鸟。

"你好像对鸟很了解？"Z有点惊奇，这是Y第二次直接说出鸟的品种。

"其嘴呈白色，我以前在书上见过。"Y随口说道，接着反问，"你喜欢这只鸟吗？"

Z向他竖起大拇指，夸赞他见识博学，又觉得这鸟来得莫名其妙，他着实谈不上喜欢，就摇了摇头。

Y躺回躺椅，闭上眼，像是有点疲惫。白骨顶落下一片轻盈的羽毛，飘飘落在Y的手心，他仔仔细细捏住羽毛，揉一揉，像紧攥着一颗小小的心脏。

等Y睡着了，那鸟又来绕了一圈，Z看着它，无聊地喃喃道："白骨顶……下一位又是谁啊？"

晚上队友们在园区组织烧烤，烧烤架一摆，Z率先占领了个好位置，挑了食材，端端正正地烤起来，认真得像个做试卷的小学生。

等烤好了，他望着另一头的位置大声喊着："小少爷！小少爷！来吃！"

敢情是给Y烤的。身边的队友们都听到了，围着烤架高笑着起哄："Y小少爷，Z喊你呢！"

Z听不出他们语气里的揶揄，只是兴奋地朝Y展示手中色泽诱人的烤串。

Y臊红了一张脸，有点难为情地走过去，接过烤串，在Z万分期待的眼神中，试吃了一块烤肉。

Y 紧张得并没有尝出什么味道，但也鼓励地给 Z 比了个赞。

身边的队友们笑着喊 Z，跟他开玩笑："小少爷满意了，你快跟他讨个赏！"

Y 下不来台，只好顺着大家，跟 Z 小声地说："你想要什么吗？"

Z 此时已经乐此不疲地烤起了另一堆食材，也反应过来大家是在起哄，没回答 Y，只笑了几声。

Y 正要再问，却被一边的工作人员叫走，补录一个采访。

酒足饭饱，大家都是各怀才艺的参赛选手，饭后节目当然是少不了的。大家用动场地的大灯充当夜店的霓虹灯，又把音响开到最大，场面一度欢乐又混乱。

以往这样的局面 Z 最为兴奋，他是最有实力的舞蹈选手之一，最会即兴表演，今日竟不见踪影。队友走出人群去找他，才看到 Z 躺在草地上，目光静静地望着夜空。

"怎么不去玩？"队友跑过来问他。

"没意思。"Z 转头，望了望 Y 走时的方向，没见到他回来。他又把外套盖到自己脸上，只露出一截下巴颏，操着不流利的汉语，瓮声瓮气地说："Y 不在，什么都没意思。

"我还没告诉他我想要什么呢。"Z 的语气听上去有点后悔，"我想要和他一直同台表演，我应该先前就跟他说的。"

04

训练忙碌，赛制紧张，就在大家人人自危，暗自互相较量之际，Z 仍然跟 Y 毫无保留地交流舞蹈动作与舞台设计。

Z 无疑是舞蹈界的宠儿，他有超高的天赋，又有无尽的上进心，令 Y 十分钦佩。他们经常相约一起练习，每晚都最后离开训练室，回宿舍的路上有时候也不闲着，Z 好动，常常走走着走着就跳起来。

Z 在皎皎月光下跳舞，月亮把世界锻成白银，把他锻成殷红，像耀眼的星星，他是与光加冕的舞台神明。

临到宿舍，Y 在窗外小路停下叫住他："Z。"

昏暗的灯光掩去他犹豫的神色，他想了想，还是从上衣口袋里掏出一个物件，递给 Z。

"给你的，生日礼物。"Y 记得这月中旬是 Z 的生日，但园区内并没有什么能买的礼物，手机又被强制上交，他只能从自己的行李中挑挑拣拣，缝了个小黄鸭的钥匙包给他。

Z 眼中满是惊喜："你竟然记得！" 他伸手接过小黄鸭钥匙包，并没有嫌它幼稚，而是兴冲冲地将自己的钥匙链当即就装了进去。

"刚刚好。"Z 举起来给 Y 看。

Y 见他高兴，也放下心来，弯起眼睛跟他一起笑。

"谢谢你。"Z 大声说，"我好开心。"

窗边有一只塔尾树鹊飞过，Z 认出那是今天从自己手中"破壳"的黑鸟，灯光的阴影里，好像它身后还跟着一只，Z 没有理会，拉着 Y 进屋，向大家炫耀自己的生日礼物。

夜深了，Z 躺在床上，手中仍攥着那只小黄鸭，心想这可是世界上独一无二的小黄鸭。

他偷偷转头看向另一边熟睡的侧影，又想，小少爷也是世界上独一无二的小少爷。

05

Y 总觉得 Z 最近有些变化，说不上来是哪里，不过总让他觉得有点奇怪。大部分的时候，Z 仍然是那个自信、闪耀、讨众人喜欢的 Z。

但有时，对于 Y，Z 又不再是 Z。

不像个针锋相对的对手，也不像个闪闪发光的队友。毕竟对手或者队友不会生龙活虎地从舞台下来，却把受了伤的手递到他面前，乖巧又可怜地叫他吹吹。

Y 无奈地看着他："伤口没好要贴创可贴。"

"我知道。"Z 满不在乎地说，"但可能吹一吹，它能好得快一些。"

Y 拗不过他，只好端起他的手，仔细朝上面吹了吹。Z 看看他，又看看自己的伤口，出神地想，好几天没看到有黑鸟飞出来了，还怪不习惯的。

"好了。"Y 把他的手放回去，Z 却突然想到，Y 知道那么多鸟的名字，说不定也知道黑鸟的来由。

他在心中组织了一下语言，停顿许久，终于想好了，小心翼翼又难以启齿般地问："你知道伤口里的黑鸟吗？"

Y 握着他的手腕，动作一顿，抬眼看他。

Z 继续说："就是从伤口里跑出来，飞一会儿就走了，伤口也没什么变化，你知道这是什么病吗？"

Y 忽然定定地望着他，眼中的情绪蓦然百转千徊，手心还攥得很紧，让 Z 感觉有点疼。

Z 觉得 Y 的态度有点古怪，他死死地盯着自己，像是要从自己的表情里窥见什么不自然的秘密。

"是谁跟你说的？"Y 开口问。

Z 当然不能说是自己，便顺口说："在别人那里看到的……"算了，他又想，这种超自然的事 Y 又怎么会知道呢。他接着改口了："也有可能是看错了，你别放在心上。"

"不，你没看错。"Y 打断他，像下了很大的决心，眼神忽然变得幽深而坚定，"确实有这么一种情况，我还知道它存在的意义。"

"意义？" Z 一头雾水，怎么也无法理解这种怪症还有什么意义。

"世上很少的一部分人，偶尔会有飞鸟症症状。有了重要的朋友后，伤口中会飞出黑鸟，那鸟会飞到自己最重要的朋友身边去。" Y 看着他，神色真挚，不放过他脸上的一丝变化。

"没有啊。" Z 下意识反驳，每次黑鸟从伤口飞走后，过一会儿又会飞回到他身边绕一圈，周边也没什么……

不对！不对！

他猛然想起来。

周围真的没有人吗？他将每一次黑鸟回到他身边绕圈的情形回忆了个遍。

乌鸫，训练室外，他遇见了 Y。

黑卷尾，滨海公路上，他跟 Y 一起骑行。

白骨顶，椰子树下，Y 给他扇扇子。

塔尾树鹊，宿舍窗边，Y 送给他小黄鸭钥匙包。

原来，原来，它们不是再次绕回了自己这里，是每一次，他们都飞到了 Y 的身边！

脑海中轰隆一声，他不可置信地看着 Y，仿佛看见自己潜藏的想法。他呆愣在原地，以往那些浅显的、深刻的、不知用什么来形容的情绪，此刻都有了定义。

不知过了多久，Z 才缓缓收回自己的手，站起身，缓缓从 Y 身边一步步地走开。

在接受这个事实的同时，他觉得，这件事过于怪异——Y 如果知道了，还会像以前一样看待他吗？

Y 跟他一样，习舞十几年，都是从苦海里熬出来的功夫，才能走到如今这样大的舞台。

遇到这样一个知己实属不易，他十分珍惜，并不想这样冒失地失去他。

Z 跌跌撞撞地走出去，过了一阵，心思却奇怪地平静下来。

Y 总让他想到一切美好的事物，珐琅瓷器，罗蒙湖庄园的浮雕，清贵的雪粒香，还有春日里青绒绒的杏子。

不可否认，他确实想拥有美好的一切。

06

可就在 Z 理清了自己的头绪，准备用全新的心态来对待 Y 时，却发现，Y 不再出现在他的面前了。

以往去训练室，他都在宿舍门口等 Y，可最近，他等到最后一个人出门，才知道 Y 早早在凌晨就走了。

导师检测完后，本该二人凑到一起复盘一下大家的表现，然后各自提出建议，好一起进步。可如今，等他小考完，Y 已经不再在原来的地方等他了。

晚上回去，Y 也睡得很早，像是不想跟任何人搭话一样，贴一片面膜，眼睛也不再睁开了。

个人采访时，编导问这段时间里印象深刻的事，Y 说食堂的车厘子好甜，说声乐老师严厉，说队友们都超乎想象地努力，说海岛风景好。

Z 躲在采访室的门外，盼着他从口中说出与自己相处的点滴，可到最后，也没听他提到一句"Z"。

后来 Y 走出来，看到 Z，却目不斜视，与身边的队友一起无声地离开。

Z 不知所措地立在门口，呆呆地站了一阵，又有些失魂落魄地走了。

终于在第五日的晚上，Z 在回宿舍的一排椰树小路下堵到了他。

"为什么躲着我？" Z 直截了当地问他。

Y眼神逃避，只含糊其词："快到决赛了，我不想影响你。"

Z识破这个拙劣的谎言："我们俩一起练习只会一起进步，怎么会有影响？"

Y编不下去了，他忽然抬头，眼神十分气愤，大喊了一声："我为什么不理你，你不是清楚得很吗！"

Y的眼睛有点红，像眼里刚下过一场猩红的小雨。

Y发了脾气，却也知道这脾气发得其实没有道理，他想说，就算你不想珍视我，也千万别再招惹我，消遣我。但他又该用什么立场来说这种话呢？

Y说完就疾步走开了，留下一个气鼓鼓的背影。Z在原地摸不着头脑，心想，到底为什么？我该清楚什么？

Z一路追着Y回到了宿舍，Y仍旧不与他搭话。

今天是手机开放日，大家可以随意使用，其他的队友们无一不兴高采烈，可Z就算拿到了手机，也还是闷闷不乐的。

Y不理他，他觉得手机都不好玩了。但Z还是有些好奇自己的飞鸟症，便上网搜索了一下，果然跟Y说得差不多——飞鸟症症状：有了在意的人后，伤口中会飞出黑鸟，那鸟会飞到自己在意的人身边去，每只鸟仅飞一次。

他又将这句话默念了一遍，却忽然觉得，有些不对劲。

每只鸟仅飞一次，可他为什么经常会见到两次相同的鸟？

蓦然之间，他好似心中有了个什么猜测。他飞快地奔下床，低声问身边的队友："Y的手机今天发了吗？他之前自己藏了一个，可能他没给节目组交过手机。"

队友讶然："怎么会？节目组管理严格，Y的手机也跟大家的一样，准时交准时发的。况且Y是个很遵守规定的人，绝对不会私藏手机的。"

是了，Z想，自己怎么会没怀疑过呢？

那之前，第一只乌鸫出现的那晚，Y从训练室出来，遮遮掩掩的是在藏什么？

07

有一个答案在心中呼之欲出。

Z再也忍不住，一把拉过正在收拾东西的Y，二人飞快地穿过楼梯，穿过厅堂，穿过夜风中一阵阵清脆的鸟鸣，来到椰子树下。

为什么遇见Y时，自己总是会看到黑鸟？

为什么黑卷尾和白骨顶，都曾出现了两次，甚至塔尾树鹊都是两只在一起盘旋？

Y被他拉扯得气喘吁吁，停在原地，眼神有点纯稚的凶，Z却顾不得这些，直直地开口问："为什么那天在训练室外，你一眼就看出我身边的鸟是乌鸫？"

Y愕然，不知道这个时候Z问这个干什么。

Z见他不语，自顾自地继续说："我来提示你，因为你提前见过它。"

Y神色有点茫然，Z还在逼问："你见过它，你为什么见过它？"

Y简直要招架不住，他被逼到了角落，眼眶微微泛红，仿佛受了天大的委屈，但也终于给出了那个肯定的答案。

"因为那是我的乌鸫，从我伤口里飞出来的，黑色的乌鸫。"

Y摘下自己的护腕，露出一道迟迟不肯愈合的伤痕。同时被揭开的，还有Y胆怯又真挚的一颗心，他曾向Z短暂地展现过的。

他曾无意似的问过Z——你喜欢那只鸟吗？

但Z给出了否定的回答，这让他感到失落伤心，再也不敢正面地表达些什么不该有的情绪。

Z愣怔在原地，自己的猜想被证实，他却有点不知所措。

Y语气有些崩溃："上次你说的时候，我就知道你肯定看见了，你看见过鸟从我手腕飞出去，然后飞到了你身边。

"你知道，你什么知道！却躲开我，一步步从我身边走开！"

心思被无情戳破，Y羞恼气愤，但更多的是难堪，明明Z表现得要远离他，为什么如今还要来刻意揭穿自己。

Z忽然有些明白了。

患有飞鸟症的人不仅是他，还有Y，但Y第一次从手腕中飞出乌鸫后，就一直在用护腕遮掩。

他跟Z一样，躲避在无人的角落，一次次放出飞鸟，并保守着这个奇异古怪的秘密。

但他不知道，自己的乌鸫、黑卷尾、白骨顶、塔尾树鹊都短暂地飞过Z身边时，同一时间，Z的乌鸫、黑卷尾、白骨顶、塔尾树鹊也曾温柔地绕过他一圈。

想通这一切，Z惊喜不已，可Y还懵懵懂懂，吼完人，气力也用尽，双眼的泪珠也一滴滴地坠落下来，又叫Z觉得揪心。

Z有些束手无策，他汉语不好，所以说的话格外直白："Y，你不要哭了。"

皮肤下又有隐隐的异动，Z在冥冥中觉得最后一只黑鸟即将降临。他向Y伸出手，说："你看，你总是很聪明，那也一定知道这只鸟叫什么吧？"

Y在蒙眬泪眼中低头，看见一只黑色的鸟缓慢地从Z的伤口处挤出来，只一眼，他便什么都明白了。

Y呆愣在原地，一时无法接受面前的境况。

Z也有黑色飞鸟，Z也有……

鸟飞的方向，就是Y的方向。

手腕处传来"窸窸窣窣"的响声，两处伤口，同时出现两只一模一样的黑鸟。

"是鹇哥。"Y终于笑起来，与Z一起目送两只飞鸟远走。

飞鸟带走这些日子所有的疑虑不安，与暗自心痛。

所有的欢喜，从此刻起向他们纷涌而来。

今晚月色好，Y忍不住想在月下起舞。他不再是茕茕孑立的舞者，他是人世间最清雅的一只鹤。

Z再一次进入Y的世界里，如同红鹤与白鹤，如同势均力敌的对手交锋，如同并驱争先的挚友交缠。

就像回到最初的舞台，樱红西装与釉白水袖，逐渐的靠近，一切情谊，皆有章可循。

End

他带我走出那段黑暗的日子，是我从今之后的家人。

我不信命数，我只信他。

文 Jade

拖延症等级考试
十级证书获得者。

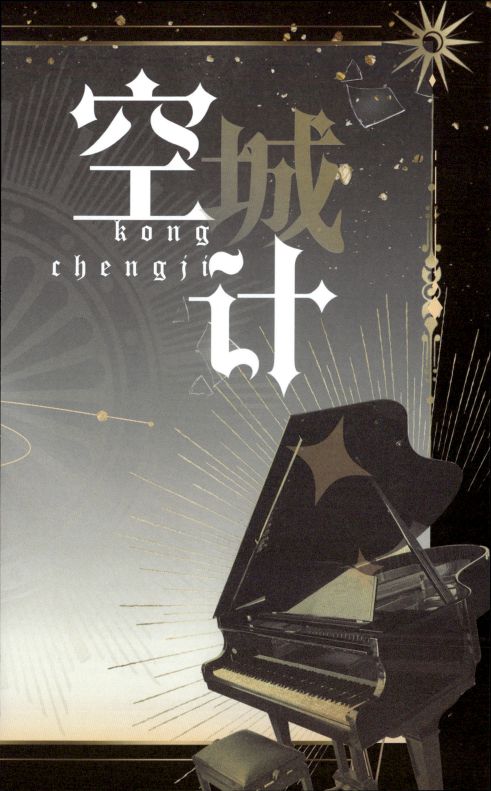

空城计

kong
chengji

空城计

KongChengJi

文/Jade

拖延症等级考试
十级证书获得者。

Kong **楔子** engJi

"我听闻有一个字，曾辗转悠悠之口，被摩挲得无比温暖。"

——《造梦者》

Kong **01** engJi

我跪在爸妈的灵堂前，直愣愣地盯着那个黑白相框看。

我不知道为什么我要给一个相框下跪，但大人让我跪着，我便听话照做。我希望爸妈能快点回来，我已经到很久没见他们了。

大伯说他们不会回来了，但我不信他，他在我面前向来没有信誉。前些天妈妈给我打电话说过，他们快回来了。

灵堂外，几个叔伯在说话，音量是我能够听见的程度。

"他们倒是轻松，一场车祸人就去了，留下个孩子要我们养活。"

"平时那么风光，谁知道户头里压根就没钱。不过好歹还留下了一套房子，不如小妹要吧。"

"二嫂，你这话是什么意思？我家都快揭不开锅了，养不了一个大活人！"

我一言不发地跪着，玩自己的手指。我讨厌他们，一点儿都不想和他们一起生活。

他们议论得越来越起劲儿，我觉得心烦，用手死死捂住耳朵。人声被隔绝了，皮鞋规律的踢踏声在空旷的灵堂里显得格外清晰。

嘈杂声戛然而止，我扭头去看，他穿着一身崭新的黑色西装，怀中抱着一束沾了露水的雏菊。他一步一步地朝我走来，我捂住耳朵的手颓然垂下。

他全身上下整齐得体，周身带着儒雅的气质，好看得像是来自另一个世界。

我从未在这座小城见过第二个与他一般的人。

他把雏菊放到相框前的小桌上，恭敬地鞠了一躬，然后看向正在看着他的我。他的眸子像含了一汪水，只消一眼就让人惊艳。

"这个孩子我来养吧。"

我懵懵懂懂地明白了一些事情，比如此时此刻，他成了我的救命稻草。

今天我失去了我的家人，又迎来了我的家人。

我看进他深不见底的双眸，叫了一声："Y哥哥……"

爸妈下葬那天山里起了雾，立碑的人干完活就下山去了。

Y从小竹篮里拿出纸钱，向天上一撒，金纸在我眼前飘摇着久久不落。

天上下起了小雨，是沾衣不湿的程度。我和他并肩跪在墓前，他淡淡地说道："你爸妈在里面了，不会再出来，跟他们告别吧。"

细雨纷纷扬扬，眼前的世界我看不真切，多年后我再回想起，只记得那天我哭得累趴在他身上。

他抱着我的肩膀，跟我说以后可以喊他哥哥，真正亲密的人是不用叫姓的。我抽抽搭搭地缩成一团，问为什么。

他说，今后我们就是家人了。

他带我离开了我出生的那座城市。

坐在飞机上，我装作睡着，偷把眼睛睁开一条缝看他。

他翻看着一份报纸，霞彩映照到他脸上，折射到我眼里成了一小束金光。

他像是一幅价值连城的画，每一笔都晕染得恰到好处。

每年过年时，丫都会到我家小住几日。他每次来都会带礼物，我家并不缺吃穿，可他带来的东西在我眼里依旧珍奇得很。

无论是绸带包裹的巧克力还是会变身的玩具车，都是我们小县城没有的。它们和他一样，是珍贵的、遥远的、不可求的。

我第一次坐飞机，是他说我们要回他家。

很多年后那里也成了我的家，成了我的城。

他的家很大，有生以来我头一次见到这么漂亮的房子。进门前要经过一个小花园，我拉着一个和我差不多高的行李箱，走得磕磕绊绊。他不帮我的忙，只是把我的小手牵得紧紧地，耐心等我跟上他的步伐。

天色暗了，但我还是能看出花园里的每一朵花都精致美丽，我脏兮兮的脸在这里显得格格不入。

进了房子，管家已经放好热水了。我才知道，这偌大的房子只有他和管家住，现在多了一个我。

　　洗完澡我躺到床上，身下的床榻柔软得不可思议。我年纪太小，找不到确切的形容词，但我能感知到，这里的一切都和我过往的生活十分不同。

　　我好像随他到了另一个世界，就像《1Q84》里青豆顺着高架爬下，到达了一个有着两个月亮的世界。

　　多年后我时常看天上的月亮，月亮只有一个，但我知道，这不是真实的世界。

　　我的世界该有两个月亮，虽然另一个月亮的光芒隐秘微弱，可那里，才是我的世界。

Kong Sheng Ji 03

　　"好像有点大了。"Y拿了一套校服在我身上比试，一分钟后他皱着眉下了结论，"明天重新去买一套吧。"

　　"不用，我正在长个子，妈妈给我买衣服也是买大一号。"

　　他不太能理解，他从小到大的衣服都是正好合身的。

　　"那明天带你去买书和文具吧……小孩子是不是都喜欢玩具？那玩具也买一点。"

　　"你不工作吗？"

　　那个时候我总怕麻烦他，现在想来，小时候的我是有些傻。

　　他歪着头笑："目前来说，我最重要的工作就是养你呀。"

　　他说得随意，我却听进了心里，心尖一阵暖流涌动。

　　我进了新的学校学习。

跟家乡比起来，这个城市实在是太大了，陌生感笼罩着我，只有看到Y，我才有安心的感觉。

我每天回家都能看到他在花园里，有他这么精心的爱，难怪每一朵花都有底气骄傲昂首。

我十分喜欢跑到书房写作业，他对此很欣慰。

他不知道，我每次都会拉开书房的窗帘看着他在花园里松土的身影。

小时候我陪妈妈看电视，剧中被吹嘘得绝世无双的人，我觉得都没有他好看。

与他站在一起，我骨子里总带着卑微的因子，无处遁形。

他带我走出那段黑暗的日子，是我从今之后的家人。

Kong 04 engJi

74

他的房子是继承自父母的遗产，他自己并不工作，闲暇时就弄弄花草、弹弹钢琴，最近他也开始教我弹钢琴。他还会唱歌，唱得很好听，但并不经常唱。

他不喜欢出门，上一次出去是带我参加朋友的聚会。他的好朋友长得也好看，叫Z，刚刚结了婚，带着新婚妻子来的，酒过三巡就开始催Y结婚。

"你说你也老大不小了，上学的时候还挺多小姑娘喜欢你的，怎么现在我们当中就你还剩着？也不知道你从哪里弄来个小孩养着，我说你也该考虑考虑自己的终身大事了。"

Y笑着沉默不语。

回程的路上，我问他："你会跟别人结婚吗？"

"不会。"

他回答得不以为意又理所当然。

我很惊讶："为什么？人长大后都是要结婚的，像我爸妈，像……像你朋友。"

"你很期待我结婚？"

我没有回他。

我说不出个所以然来，我觉得多一个人似乎会多些什么。

他揉揉我的头发："小小年纪……"

Kong05eng Ji

过了几年，我身体好像抽条一样，长到了跟Y并肩的高度。

开始有女生往我抽屉里塞情书，起初朋友看到我从课桌里拿出粉色的信封还会起哄几句，后来次数多了他们也就不闹了。也有胆大的女生会当面向我表白，出于礼貌，我会听完再拒绝。

久而久之，表白的那套说辞我已烂熟于心。

不是刻意去记的，但记下了就在心里存了个念想，总想着找机会说一次。

可是没有哪一个女孩真正让我心动过。

Kong06eng Ji

到了叛逆期，我不再像从前那么"乖巧懂事"，我总是期待他人在我身上花更多的心思。

我打了耳洞，然后特意挑了一个显眼的耳钉带上。晚饭时他坐我对面，视线只是淡淡掠过我的耳垂，什么都没说。

我挑衅地问他："耳钉好看吗？"

他头都没抬，说："挺好的。"

饭还没吃完，我摔了筷子上楼。

Y有些被吓到了，睁大眼睛不明所以地看着我。

他怎么能如此冷漠？他不关心我吗？

后来，我又把头发染了颜色，和高年级的学长打架，本来也想学着抽烟，但我想起他不喜欢烟味便作罢了。

Y被老师叫到学校的时候，我正和其他几个同学一起在教导室罚站。他看了我一眼，被老师带到别的房间谈话。我看到他向教导主任道歉，然后过来把我领走。

我打量他低垂的眉眼，我一点儿也不怕处分，但我不想他误会。

我告诉他："你没必要道歉，是对方先动手的……"

他点点头："我知道你没错，可打架终归是不好的。"

他的语气没有责怪，我松了一口气。

"他们没有为难你吧？"

他那么好的性子，可别被人欺负了。

他摇摇头，看向我的脸，轻轻碰了碰我眼角的淤青："疼吗？"

"嘶——不疼。"

他叹了一口气："回家后冰敷一下……你以后别打架了。"

他看向我的眼眶有点红，眼里是满满的心疼，我心间霎时软得一塌糊涂："好，我答应你。你不让我做的事我绝不再做。"

我现在已经长得比他高一些了："那老头……呃，教导主任跟你说了什么？"

他想了一会儿，抬头看我："他说，你好像到青春期了。"

"什么？！"我如被雷劈中，脑内一团乱麻，脸颊烧得发烫。

虽然我看起来胆子比同龄人大些，但毕竟还是个小屁孩，被当事人一语戳中心事难免慌了心神。

他继续说："J，你还是学生，最好还是不要因为其他事影响学习……"

我愣了一下，心一点点冷下来，刚才的慌乱和紧张显得狼狈又可笑："你不反对吗？"

"嗯，要注意分寸。"他说。

他果然毫不在意。

我气极反笑："行，我注意分寸。"我抛下他，朝另一个路口走去。

他拉住我的袖子，"J，你去哪里？"

"我现在就去学分寸！"

他松开了我，我一溜烟跑了，没有回头看。一想到他那担忧的眼神我便觉得烦躁。

Kong**07**eng Ji

很久之后我才明白，一直以来我都以为我根不在乎他生不生气，可是当他真的对我生气了，我才意识到，我承受不起。

他是我的家人，对于他我承担不起任何风险，我所有荒唐的行为都是在确保不会触及他底线的前提下进行的。

一直以来是我把自己看得太高了，我在他心中并没有占那么重要的位置。

他本来，就没把我这个没有血缘关系的"亲人"放在心上。

第二天他来叫我起床，我眼睛肿了，只能眯开一条缝瞪他。

他想要摸我的头发，被我躲了过去。

他叹一口气："是我不好，话说重了。你还这么小，我该跟你好好说的。

"起床吧，早餐做好了。"

我跳下床，匆匆洗漱完就出门了，任凭他在身后怎么叫我，我也没有回头。

现在想来，之后我们的关系都与这个场景无比相似，我总是把他甩在身后，赌着一口气往前冲。

冲着冲着就渐渐没有了他的身影，等我反应过来回头去找，却再也找不到了。

中考前夕，Y 在我房间里帮我收拾书包，反复确认东西是否带齐了。

我要他陪我待着，他面露难色。

我退一步说，那你只陪我一会儿。

他想了想，坐在我身侧。

我像要到糖的孩子，心满意足地躺下了。

我已经因为紧张连续好几晚失眠了，可当 Y 坐在我身边时我却很快就睡着了。

因为我知道这是他希望我做的，他希望我睡个好觉。

我顺利考上了市重点高中，这是他想让我考的。

过了青春期，我和他的关系缓和了不少，但始终有一根刺哽在我喉头，我知道终有一日会爆发。

因为从小跟着他学钢琴，我的音乐基础一直不错，高中时我喜欢上

78

了地下音乐。

　　我跟着乐队混迹在各种各样的酒吧里，学会了打鼓和弹吉他。打鼓是乐队的鼓手教我的，他的鼓打得很好，我很欣赏他。

　　我成年那天乐队聚在一起喝酒，鼓手说打算去Ａ国做音乐，问我要不要一起去。

　　我想了想，其实并没有多想，回他："好啊。"

　　我把喝完的啤酒罐捏扁，稳稳地投进了垃圾桶。

　　喝完酒他们说不如去酒吧玩，我看了看时间，告诉他们我要回家了。在场的女生们吃了一惊，她们以为我不是会听大人话的乖宝宝。我笑了笑，告诉他们账我已经结过了。

　　回到家，Y果然准备了蛋糕在等我。他总把我当小孩子养，其实很久之前我就不爱吃蛋糕了。

　　他高兴地迎过来，闻到我满身的酒气后不自觉地皱了皱眉。

　　我心中懊恼，刚才太赶着回来，竟然忘记了在身上喷香水遮盖气味，他不喜欢闻烟酒的味道。

　　吹完蜡烛，他把一把钥匙交到我手上。

　　"这是送你的成年礼物，等你考到驾照就可以开了。"

　　我握着钥匙在手心摩挲，半晌后还给他。

　　"我用不上。不如你把那个送我吧？"我指了指他脖子上的吊坠。

　　他愣了片刻，我猜他是在猜我在想什么。

　　他其实根本不会养孩子，他把我按着他所知道的模式养。比如，小男孩就该玩玩具，大男孩就该喜欢车。一旦我表现得和他预想的不一样，他就会像遇到危机的小兔子，露出慌乱的神色。

　　可他不知道，我生来就和那些大众模式不同。

　　他取下吊坠递给我："这个是我自己买的，不值钱的。"

　　我接过还带着体温的吊坠，紧紧攥在手心。

79

"Y，我想去 A 国读书。"

从 15 岁起，我就不再叫他哥哥，而是自作主张地叫他的名字。他一开始会佯装生气，说我没大没小，我但执拗不改口，后面他也就随我叫了。

他听完后是很是震惊，犹豫着开口："可是，你还太小了……"

"你总觉得我小。"

他的态度忽然强硬起来："我不同意你去 A 国，至少要等你再大一点儿。"

我冷笑："有意思吗?"

"你向来对我不上心，现在还在乎我要去哪里? "

他不可思议地看向我，闪着波光的眼眸像极了受伤的兔子。从很久之前我就奢望，那里面能有一份独属于我的倒影。

我握着吊坠上了楼，关上房门把它挂到脖颈上，再细心藏进衣服里。

我不敢猜他是如何想的，大概会觉得自己养了一个白眼狼吧。

我终究还是去了 A 国，我求着管家帮我办了签证。

出发那一天早晨，我站在 Y 的房门前，徘徊了半个小时，还是没有叩开那扇门。

我写了一行字，认真贴在他门上。

等我回来。

在 A 国的日子没有我想象中那么好过，音乐并没有更好做一点儿，我依然碌碌无为。

白天我上语言学校，晚上我打三份工养活自己。

Y每个月都寄钱给我，但我分文未取。

在他面前，我总是卑微的，我仰望着他的一切，而我对他而言却可有可无。我承认我到A国有很大原因是因为不甘心，我不愿一辈子仰仗他，我迫切地想闯出一片天地。

我想向他证明，我不是非要依附他而活。

初到A国时，我合租公寓的电话响过一次。

听到铃声后我的心狂跳不止，我知道是Y打过来的，但那时候我还在跟他闹别扭，所以赌着气没接。我想着他第二次打过来我就接，我祈祷第二个电话快点打过来。

可那个电话，从此再没响过。

我不再单纯地沉迷于地下音乐，我开始涉猎很多曲风，这些歌都是想到Y时写的。

我无数次想给他打电话，可少年的自尊心作祟，仿佛打了一个电话，我就在他面前又更矮一截。

我在A国极其艰苦地生活了两年，成功考上了大学，拿到奖学金后日子总算没那么艰难了。

或许是我时来运转，当威克给我递名片的时候，我就知道，我的机会来了。

通过他的引荐，我成功和大音乐公司签了约，出了自己作曲演唱的唱片。发行后反响不错，我在A国也慢慢有了一点名气

但黄皮肤的人在A国发展总会受到限制。读完大学，我没有跟公司续约，转回了国内发展。

我回国后迅速签了新的经纪公司，公司才刚宣布我即将在中国出道的消息，那条微博底下的评论就过万了。

我终于有了一片属于自己的小天地，可是还不够，我的天地要大到

足以容纳一个绝世无双的人才行。

我买了房子，打算沉下心出一张新专辑。

KongChengJi 11

把手头的工作安排妥当后，我回到了老宅。

站在花园中看着满园的鲜花，我的情绪很复杂。

我用钥匙打开了门，有些诡异，这么多年Y都没有换锁。

管家看到拉着行李箱的我，愣了半天才回过神，匆忙上前接过我的行李箱，声音颤抖："小少爷，您终于回来了。"

我点点头，环顾四周，这里的每一件物品都保持着我走时的模样。

我问："Y呢？"

管家的神色有些怆然，他告诉我Y的身体不太好了，现在还在睡觉。

我的心一沉，我离开的时候他还好好的，怎么现在就不好了呢？

我去到他的房间，他整个人缩在被子里，眼睛紧紧闭着，脸色是不健康的苍白。

我在他床边坐下，细细地看他，他的脸长出了不太明显的皱纹，头发也花白了不少，他什么时候这么老了？

我轻轻碰上他的眉眼，他的眉头皱了皱，我急忙缩回手。他现在变得很容易惊醒，这么一点儿动静就睡不着了。

他睁开眼睛，看到了我，很久说不出话来。

我把他的被子提上来一点，轻声道："我回来了。"

"咳咳……"他忽然咳嗽起来，我忙轻拍他的背。

他咳完后，脸上现出惊喜的神色："J，你……你吃饭了吗？肚子饿了吗？想吃什么，我去给你做。"

我把想要下来的他按在床上，不准他乱动："你怎么变得这么瘦？"

他歪头笑着，不回答我的话。

我看着他佝偻的身形，心脏仿佛被抓紧了。

"怎么这副神情？"他不以为意地笑，"生病了就是会老得快一些。"

"你一辈子都耽搁在我身上了，后悔吗？"

他笑着摇摇头。

"Y，为了工作我要搬去别的城市，你跟我一起去，好不好？"

他看向我，那双眼睛清澈如水，可我却依旧看不出我的身影："我过去做什么呢？我在这边住得很好。咳咳……你也到了该娶妻生子的年龄了，工作之余，也要记得……"

我半句话都不想再听他多说，时隔多年，他还是这么有激怒我的本事。

"我不会听你的！"

"你怎么还是这么任性，我总会先走的……"

听到这种话，我再也忍不住抓住了他的手。我看到他放大的瞳孔，他的眸子里，终于只有一个人的身影了。

"咳咳咳……"他挣扎着推我，开始剧烈地咳嗽，我有些不知所措，手忙脚乱地给他顺气。

他打开我的手，不肯看我："你出去，出去！咳咳……"

看他又要咳，我不敢再惹动他的情绪，只好退了出来。

我收拾好东西，想当面跟他告别，他却锁了门不肯见我。

我叹了一口气，把我的号码写在纸条上交给管家，嘱咐他有事立马给我打电话。

我没有想到，再次接到他的电话竟然是医院打来的病危通知。

电话响时我正在参加一个颁奖典礼，助理正想把电话挂掉，我瞥见来电显示，让她把手机给我。

医生的话还没说完，手机已经从我颤抖的手里掉落到地上，我浑身发抖，我从来没有这么怕过。

"最佳新人奖的获得者是——J！让我们用掌声恭喜他！"

我面色苍白地从座位上站起来，在一片掌声中朝领奖台相反的方向跑去。

我不顾满场唏嘘，拼命朝场外跑去。

我用力握住那枚吊坠，它陪伴了我在 A 国无数个难熬的日夜，我的力气大到把吊坠的边角握进了肉里，我在心里不住地祈求："Y，再等我一下，再等我一下……"

KongchengJi 12

我不知道自己是怎么回到他身边的，我穿着不整齐的西装坐在他床边时，他已经被抢救过来了。

他大多数时候都带着氧气面罩，只有偶尔精神好点儿时才能跟我谈一两句话。

他说他们家族的人都不长寿，他爸爸和爷爷都是年纪轻轻就去世了。他出生时心脏就有点儿毛病，医生都预测不了他还能活多久。

他的一辈子都是未知，能活到什么时候，能遇上什么人，都是命数。

可我不信命数，我只信他。

他告诉我，二十年前他差点儿就死了。他爬山的时候遇上雪崩，是我爸爸救了他。也因为救他，我爸爸的腿落下了残疾，不能再做搜救队员。他说如果不是他，我父亲便不会下海经商，也许就不会遇到车祸。

他说我不必对他愧疚，他只不过是做了他该做的。

愧疚吗？这种时候他还在避重就轻。

好像是在安慰我。

他那么聪明，我猜他是知道我根本就不怪他的，不过这些对他来说或许是洪水猛兽。每次我兵临城下，他都把我拒之门外。

医生过来说他或许撑不过今晚了。

我不信，一遍一遍地叫他的名字。

我的眼睛盯着心电仪，那些折线仿佛是我的心跳，一起一落都让我心脏跌宕。我亲眼看着那些小小的波折变成了一条直线，我慌张地抓住他的手，他终于不再推拒。

只是终究，他的眸子里还是没有我。

Kong**13**engJi

Y走后我推掉了所有工作，消沉了大约一年的时间。

一年后，我第一次接的行程，是威克的邀请，他是发掘我的恩师，我不能拂了他的面子。

在庆功酒会上，威克举杯过来感谢我愿意来他的节目。

我们聊了一会儿，他主动提到了Y："我想你一定很难过，他是那么好的人。"

我一愣，心中有猜测在隐隐冒尖："你认识他？"

"当然，我们是大学校友。是他向我推荐的你，不得不说，他的眼光真的很好……"

他的话还没说完，我已经跑出去了。

我咬牙切齿地念出那几个字，他的名字在我唇齿间冒出了千万遍，至今还未消失。

我驾车一口气开回了老宅，自他走后我还没有回来过，我怕触景伤情。

门口的花已经凋零了，整个花园显得很荒凉。

我有些难过，他以前很爱这些花，如果他看到这幅情景，不知会做何感想。

我进到屋里，管家看到我回来并不讶异，仿佛在等我一般。

他给我倒了一杯咖啡，把房产证交给我，说Y已经把房产过继到我名下了。

我吞咽咖啡，喉中有些苦涩。

"其实Y少爷很关心你，你上初中的时候打了耳钉，他甚至担心得睡不着觉，问我你是不是学坏了。他只是不善于表达感情，他一个人待惯了。"

我低下头，应了一句："嗯。"

管家站起来："少爷的遗物我都整理出来了，您要去看看吗？"

我点点头，浑浑噩噩地到了Y的房间，我小时候总爱来这儿跟他一起待着。

桌面上摆着一个大箱子，是管家整理好的，里面全是他的东西。

我过去翻了翻，里面有一个铁皮盒，显得很突兀，我把它拿出来。

盒子打开后是一只千纸鹤和一沓机票。我把千纸鹤放在掌心，这是我小学时送他的，没想到他还留着。

我叹了一口气，开始翻看机票，看着看着心忽然不可遏制地痛起来。全部是飞往A国的机票，时间都是我在A国的那几年，一共有32张。

机票下面压着我离开时贴在他门上的纸条，纸张有些皱，却没有折痕，这是被人无数次拿在手里摩挲留下的痕迹。

我颤抖着手，支撑不住身体蹲坐在地上。

他视我为亲弟弟，却因为不擅长表达情感，也害怕我对他心存愧疚，所以一直只是默默地关心着我。害我以为他的心是一座被重重城墙包裹的坚城。现在我才知道，那里面空无一物，早已被攻城略地。

我坐在冰凉的地板上，小心翼翼地把千纸鹤展开。

我并不会叠纸，却为了学会叠千纸鹤对着封皮整整学了三天，只为了把一个秘密放入其中。

我本来以为他永远不会知道里面的秘密。

展开折纸后，我立刻哭得泣不成声。

已经有些微泛黄的折纸上有我用稚嫩笔迹写出的"Y"字，旁边还有字迹新一点的"J"，是出自他的手笔。

 14

我听闻有一个字，曾辗转悠悠之口，被摩挲得无比温暖。

我眼前又是一片恍惚，仿佛有细雨和金色纸钱在飘。

我想起那年我和他一起跪在爸妈墓前，我哭累了趴在他的肩膀上，他安慰着我说："他们不会走的，他们在墓里，也在这里。"

他把我的小手放到心口的位置。

"他们会永远陪着我吗？"

"会的。"

"那你呢？"

"我是你的兄长，我也永远陪着你。"

End

热心市民

R　E　X　I

SH　M　I　N

文｜莫忘酌

腹有糖饼气自甜的闷头码字小写手，
坚信唯有通过文字与读者获得精神共鸣，
才能使看客不是过客。
Lofter@莫忘酌

他们是命中注定的对手，
也是最陌生却又最熟悉的朋友。

他突然觉得自己浑身的血液
在这一刻沸腾了起来。

热心市民

文/莫忘酌

腹有糖饼气自甜的闷头码字小写手，
坚信唯有通过文字与读者获得精神共鸣，
才能使看客不是过客。
Lofter@莫忘酌

　　"够了！"女孩儿一只手拍在出租车计价器上，忍无可忍地抬高音量，"这日子我过不下去了！"

　　司机诧异却不动声色地侧目而视，副驾驶座的女孩儿真是漂亮，白皙透红的鹅蛋脸，满是气愤的大眼睛下还有两道弯弯的卧蚕。再往后视镜看去，后座一左一右坐着两个男人，长相用英俊来形容毫不为过，两人面色僵硬，坐姿比面色更僵硬，有意错开视线各自盯着两边的玻璃，好像他们中间隔着一道看不见的汽油墙，只要视线一相撞就能"噼啪"地冒出火来。

　　司机默默转回视线，手搭着方向盘，在心里颇为好笑地慨叹一声。这年头真是活见鬼，谁知道深夜接个单，也能撞见这么三名容貌堪比电影明星的乘客在自己车内上演一出狗血大戏。

　　"怎么不说话了？"副驾驶的女孩儿在手机上戳了一阵子后把屏幕朝下一扣，往斜后方一瞟，"难得你这么闷声闷气呀，周玉。刚谈恋爱那会儿不是很会说好听的吗？"

"我还有什么可说的？"后座左边那个男人转正了脸，蹙起的眉头间冷冷的都是不耐烦，"你什么都不听，什么都不信，我不觉得我继续说下去就会是一场冷静的谈话。"

可我觉得你现在再说下去我的计价器就会被她挠烂。司机瞥了一眼女孩儿精心涂成橘粉色的指甲，这姑娘家庭背景一定不错，手里捏着的手机都是苹果的最新款，宽大的屏幕映着深夜车窗外零星的霓虹灯。

这样的女人最喜欢找那种长相好看的小白脸宠着自己，但估计身后那位男士不能归入此类。司机冷眼旁观，心里跟明镜似的。所谓冷静都是借口，真能冷静的话，那只能说明感情已经用尽了，这才能给理智腾出来空间。

"冷静，冷静，你就只会把冷静挂在嘴边。你怎么不去跟冷静约会？"女孩儿气极反笑，"哦，我知道了，上回我生日的时候打你手机关机，估计就是在和它约会吧。"

"那时候我在开会，很重要的会。"

"吕蒙说你没有。"女孩儿驳斥他，"我打电话给他，他说你早就离开办公室了。"

"那是因为提前散会了。"周玉低头瞥了一眼手机，神情淡漠得有些心不在焉，"手机落在办公室充电，中途折回来拿本身就够费周章的了，一下子忘了回你信息。"

"你还真是轻描淡写——师傅您评评理，怎么会有这么过分的人？"女孩儿扭头瞪了一眼身后，单方面把话头往司机身上戳了一梭子，很快又重新指向周玉，"那我们恋爱周年纪念日那次你怎么说？"

司机无奈地赔笑，他当然知道这时候自己不能接话。

"客户在茶楼订了包间，我必须出面。"

"你还去喝茶！"女孩儿叫道，"我知道那地方，服务员各个都年轻貌美，温柔体贴，端茶倒水捏脚捶背的，做什么都陪着……"

司机乐了，看来外表上再衣冠楚楚的男人也会有一颗不安分的心，何况是长相好到这种程度的。当然，他没有表现出欣赏小品一般的愉悦，仍旧装聋作哑地开着车。但这种心理难免有些奇妙,一方面同为男人,他在这方面深感共鸣,另一方面对于比自己好看的同性又会有种说不出的嫉妒和幸灾乐祸。

"小乔,他不是那种人。"后座右边的男人突然打断她,轻"啧"一声侧头望向身边人,"周玉你也别这个态度,好好跟她解释一下,没那么难吧?"

他的插话十分自然,仿佛已经习惯了在他人吵得不可开交时一开口就把控话题的走势。司机有些奇怪地通过后视镜看了他一眼,这话乍一听让人觉得他的立场是向着女孩儿的,但仔细分辨一下,却有种是在替那个叫周玉的男人辩护的感觉。

"有什么可解释的?孙册,你别以为我不清楚你们那点儿破事……"女孩儿几乎每个字都是从朱唇里蹦出来的,好像越是咬牙切齿掷地有声就越能表明她一点儿也不好糊弄,"那个茶馆不正经!"

正好这时司机踩了下刹车,周玉原本在喝水,"哗啦"一声,此刻在刹车和女孩儿的话的共同作用下一不留神洒了一片水渍在身上。司机暗想,这也不算急刹车啊,呛得这么猛,不是心虚是什么?

"有纸吗?"周玉神情一冷,也不理会女孩儿,而是朝右手边的男人孙册问道,"我这是新皮鞋,不能淋水。"

孙册一个大男人哪里有带纸巾的习惯,不过他很快把在中央扶手箱上放着的抽纸扯了一张给周玉。周玉俯下身擦了一会儿皮鞋,把纸揉成一团,直接把纸团丢出了窗外。司机有些诧异,没想到这么一位看上去风度翩翩的乘客会做这种素质堪忧的事情,估计是真给气坏了。

"算了,确实没必要跟一些服务员置气。"女孩儿冷笑一声,"周玉确实不是那种人,他哪里看得上她们。再怎么样也得要个门当户对的人,对吧,

比方说朋友的妹妹……"

"乔珩你疯了吧？你什么意思？"孙册声音一沉，"这跟阿香有什么关系？"

"是没关系，她才多大啊，大学都没毕业吧？"女孩儿双目放空悠悠道，"就算是两个人单独出去吃晚饭也不会惹人闲话的，好哥们的妹妹嘛，就是自己的妹妹……"

"你——"孙册硬生生把后面的话掐断在喉咙里，他扶着额头一摆手，很明显是一个不想继续讨论下去的手势，"OK，你们小情侣间的私事我不该掺和。周玉你不是晚上还要加班？我送小乔回去，师傅你前边停下，放他下去，等会儿我来付钱。"

"这车是我叫的，你不方便付吧？"周玉忽然抬头。

"可以扫二维码。"孙册举起屏幕在他眼前放了几秒钟，确认周玉看清屏幕后，重新把手放回膝盖上，面色仍然不大好看，"师傅，就前面那个路口停吧。"

"前边不能停，那边装了很多电子眼。"司机尴尬地笑了笑，"最近违停管得比较严，遵守交通规则嘛，只能绕下路，就不给你们算钱了，不好意思啊。"

"你还想去开会？"女孩儿咬着牙就势道，"不准去，今天不把这事儿解决了我就不回家！"

"你还有完没完？"孙册语气加重了一分，看得出他已是在竭力忍耐着不发作了。

"别忙着在这儿充和事佬，孙册，你跟我姐的事又怎么说？"女孩儿冷笑一声，突然矛头一转。

车开进了更加荒无人烟的高架路，融入一片令人窒息的黑暗里。

"什么怎么说？"孙册一时脑子有些空白，似乎有些惊讶，"我跟你姐一直都挺好的。"

"挺好？呵，好了够了，我不想再陪你们演戏了。"女孩儿勉强挤出一个笑容，声音微微颤抖，"我姐跟我说了，全部都跟我说了。

"我确实不该吃那些女人的醋。"

周玉眉头疑惑地一皱，露出一种预感不妙的表情。

"你们真的不用再瞒着我们了。"

"哈？"空气寂静了片刻，孙册挑起一边眉毛，仿佛一下子还没反应过来她在说什么，"什么？"他说完以后便沉默了。周玉的眉宇也愈来愈紧，索性一言不发地把头转向窗外。空气的紧张程度突然飙升了几倍。

"还要我说得再清楚一点是吗？"女孩儿一边哽咽地笑着，一边抬手抚上自己的脸痛苦地遮住眼睛，"她上回都告诉我了，我想想也是……"

司机冷不防被这一席话打了一记闷棍，方向盘一抖，差点儿没撞上旁边的路标。计价器上的数字已经升到了一个罕见的地步，但他此刻已经顾不上去关注了——只想忙着捡回自己掉到地上的下巴，免得不小心掉到油门上，到时候整辆车都飙下了高架路。

"咳。"周玉喉咙十分难受似的咳嗽了一声，其中似是压抑着千万种情绪。

孙册仍然沉默，他掏了掏口袋点燃一支烟，顺手把烟盒往驾驶座方向一递，故作轻松道："师傅抽烟吗？"

司机强压住内心的骇然，颤抖着朝孙册摇了摇手。不管他平日抽不抽，此刻他打死也不会接受这根集万千尴尬于一身的烟。

孙册也不强求，把烟盒塞回口袋，兀自吸了一口唇边的烟，慢慢地问："你在这里瞎闹个什么呢？我和周玉都认识十几年了。"

周玉默然片刻，垂下的眼眸重新抬起："对。"

女孩儿笑了一声，轻飘飘的尾音中透出了一丝绝望。

"我念书的时候就认识他了。打篮球认识的，他在对面，结束之后给我递了瓶水，说希望下次能在同一队。"孙册原本冷硬的口气温柔下来，仿佛陷入了无限的回忆。

"那场比赛是我赢了吧？"周玉轻轻翘了一下嘴角，很快又让它平下来。

"你记错了，是我。"孙册侧过脸跟他对视，目光灼灼地眯了眯眼睛，

94

"你那么不服输，当然只有打败你的人才会让你心服口服的。"

女孩儿眼角噙着泪花，攥着手机的手都在发抖。司机怜悯地看了她一眼，此刻的她就像一只惶然无措的羔羊，纤弱的身躯仿佛很快就要被窗外无边的黑暗吞噬。

"你真卑鄙啊，孙册。"女孩儿几乎脱力地抬手摇下窗户，厌恶地挥手驱散烟味，就像受不了车内的恶心气息一般努力把头伸出窗外，苦笑中带着点哭腔，"我姐有鼻炎，你连烟都不肯为了她戒……"

"抱歉，我确实没法做到。"孙册骤然闭上眼睛，"我……"

"可跟你谈恋爱的是她！你该负责的也是她！"女孩儿肩膀发抖，突然扭头声嘶力竭地喊起来，震得司机耳膜生痛。

"你闭嘴！"孙册大声盖过了她歇斯底里的怒吼，往周玉的方向靠了靠，"很好，感谢今天你给了我这么好的机会，现在我可以跟你坦言，不管你们怎么指责我抑或恨我，我都不会再妥协放弃了！"

"停车！我要下车！"女孩儿突然嚷了起来，有些丧失理智地伸手去夺方向盘。司机被她吓了一跳，赶紧踩下刹车，车歪歪扭扭地停在了路边。

"你找死啊？"司机又惊又怒，猛地扭头瞪她。女孩儿却只顾把头埋在手臂里在副驾驶座一个劲儿地哭，哭得浑身的力气和委屈都要发泄干净似的。

95

当她再抬起头来时，一柄雪亮的匕首架在她的脖子上。

"呸，够背运。"司机转动了一下脖颈，用刀抵着她的脖子，转过头有些狰狞地朝后座的两个男人喝道，"都给我下车，快点！"

周玉一副完全蒙掉的样子，不过反应倒也迅速，一下子就明白了这是怎么回事，立即举起双手有些急切地说道："你是不是要钱？你冷静

一下，要多少钱都可以，先把我女朋友放了……"

"冷静你个头！"司机不耐烦地勒过女孩儿的脖子，心想你还真喜欢跟冷静约会啊，"再多废话一句我就下刀了，赶紧下车蹲好！"

"你别惹他，先听他的话再说……"孙册赶紧拉住周玉把他连拖带拽扯下车。司机见此，一脸鄙夷："刚刚还闹分手，这会儿玩什么深情？"

不过他也不再关心这些事了，见孙册还算识相，这才略微满意地冷笑一声，抓起手机架上的手机拨了一通电话："搞定了，我跟你们说，这次这女的长得真不赖，而且看起来还挺有钱的，就是身材普普通通，太一般了……我跟你们说，这次必须给我多点儿分红，最后一票碰到两个死……"

"不是让你们在这附近接应吗？怎么还没到？磨磨蹭蹭的干什么吃的……"

他说到一半突然僵住了，因为就在他面前的黑暗里，突然出现出了多辆的黑白两色的巡逻车。他的额边溢出一丝冷汗，手机险些从手里滑落。他面上狠色一现，正打算拿怀中的女孩儿做人质时，突然感到肋骨下方一痛，被他勒住的女孩儿一个手肘顶在他的腰眼上，力道准稳狠到没话说。

金属质感的东西顶住他的后脑，身后传来一道熟悉的声音，凉凉的带着笑意。

"你说谁呢，再给我说一遍？"孙册的声音懒洋洋的，手枪精准无误地抵住罪犯的后脑。

"你说谁身材一般呢，再说一遍？"乔珩活动了一下手腕，冷哼一声，"哼，刚才那是我实在憋不住笑了，只好装哭埋手臂里偷偷笑一会儿。"

"这人是这个犯罪集团的头目，他们长年流窜在南部地区的六个省市，本市近几起的年轻女性失踪和谋杀案都和这个团伙有关。"

"他们专挑年龄在二十岁左右的女性下手，最近流行的打车软件成了他们新盯上的犯罪途径，他们会用一些特殊渠道改掉车牌号，专门筛选出那些深夜打车的单身女性，然后半路找借口绕远路，用迷药将之迷晕，最后伺机行凶。"

"今晚抓到的是最后一条大鱼，剩下的都是些顺藤摸瓜的收尾工作，

一切进展顺利，很快就能将其一网打尽。差不多就是这些了，孙队有什么指示？"

"没事了，等会儿班师回队庆功。"孙册潇洒地摆摆手，打发了汇报完毕的下属。他转头朝身旁的周玉随性又不失礼貌地敬了个礼："真不好意思啊，让无辜市民陷入危险中，是我的失职。"

"震惊！队长居然会敬礼！"乔珩跟刚刚汇报完工作的吕蒙低头窃窃私语。

"孙队哪里的话，是我妨碍了你们的追捕工作。"周玉摇摇头笑道，"我刚好叫了那辆车，当时乔警员在马路拦车上来时，我就在车上。我想着都凌晨了居然还有女孩子一个人打出租车，有点不放心，就想假装认识先送她到目的地再说。我没想到是警员同志的诱饵计划，还弄得孙队长亲自上阵来解围。"他有些不好意思地抬手一蹭鼻尖，"说真的，要不是孙队你用手机挡住证件递过来给我看，我还以为你是那个司机的同伙。"

"哪里的话。"孙册弯了弯嘴角，"要是所有市民都像你这么懂法守法、热心机警，那我们就可以轻松很多了。如果不是你发现了座位底下那包迷药，把它扔出了窗外，这次行动我们恐怕要吃大亏。"

"哇！你听见没？懂法守法，热心机警，史上最心猿意马、假正经的夸赞！他怎么不干脆把自己吃上天？"乔珩继续发表她的画外音。

红蓝两色的车灯在孙册英俊的脸上不断闪过，他摸了摸自己的下巴。

"乔珩！"

"到！"英姿飒爽的女警员登时立正站直。

"作为队长，我想问问你，"孙册盯着她，"你的任务是假扮单身女性拖住犯罪嫌疑人，为什么你那么喜欢额外加戏？"

"情况所迫嘛。"乔珩吐了下舌头，飞快地朝她队长做了个鬼脸，"人在遇见超出自己接受范围内的事情时，会因为震惊而暂时降低智商，从而忽视事件本身的不合理性。"

"净鬼扯。"孙册笑骂，伸出食指用力推了一下她的额头。

97

"队长，那我能申请让局里把追捕罪犯的道具赏给我吗？"乔珩突然满面期待地星星眼望着他。

"什么道具？"

"那部苹果手机……"

"没出息，局里那么多手铐也是追捕道具，都归你了。"孙册一挥手让她该干吗干吗去，"今年的年终奖你也不用领了，我直接给你换成奥斯卡最佳女主角的奖杯。"

乔珩哀号一声，扑过去找巡逻车里那个说她身材不好的犯罪嫌疑人的麻烦去了。

"好了，这位同志，我送你回去吧。"孙册朝周玉伸出手，尽量使自己的口吻轻松一些，听不出任何怪异的情绪，"感谢你的热心帮助，过几天局里会上门送你一面锦旗，还望不要嫌弃。"

"好的。"

"不过容我多啰唆一句。"孙册咳了一声道，"以后遇见这种事情还是不要莽撞拔刀相助了，我们做警察的呢，最希望的就是每一个市民保护好自身安危……"

他话说到一半突然硬生生止住，因为周玉没有跟他握手，而是把一只手递到了他跟前，一本展开的警员证呈现在他视野里。

他突然觉得自己浑身的血液在这一刻沸腾了起来。

轻风拂过夜间的高架路，周玉的脸庞在路灯下清晰、分明且好看。

"我是不是该重新做个自我介绍？"周玉微然一笑，这才伸手与孙册相握，"早闻孙队性格卓尔不群，屡次拒绝上级安排给自己的副队。今天因为特殊原因，我尚未到任就提前面见孙队长，周玉不胜惶恐，还望

队长不要嫌弃。"

孙册气沉丹田："乔珩——"

"这也不能怪她，上级特意让她不要通知你，说是要检验一下我们俩的默契度。"

"结果呢？"

"结果，"周玉用食指点着下巴，仰头做思索状片刻，"'我和周玉认识十几年了。不管你们怎么指责我或恨我，我都不会再妥协放弃了——'"

孙册突然被噎住，上下打量了他一回，很快移开视线，眯眸评价道："唔，头脑不错，意识不错，颜值不错。"

"孙队不看重身手？"周玉随意地反问了一句，仿佛没有听见他话里混入了什么奇怪的东西。

"平均水准有我拉着，差点儿无所谓，好的话，最好是不要超过我。"孙册倒是颇为大气。

"那谢谢夸奖，锦旗还作数吗？"周玉收起证件。

"你想要？"孙册瞪了他一眼，"也没问题，这个好说。明晚六点有没有空，找家西餐厅共进一下晚餐？"

"现在流行在西餐厅给热心市民送锦旗？"

"对。"孙册大言不惭，郑重地点了点头，"现在还流行给热心副队嘉奖一个好搭档。"

"离经叛道啊，孙队长，这算不算是强买强卖罪？"周玉斜睨他一眼。

孙册轻笑，在他的新副队耳畔呼出与夜风截然相反的灼热气息："那你尽管逮捕我。"

取

q

ǔ

那精怪化作这幻境困住他，
也陪着他日日夜夜。

他只是突然觉得，
身边多了个精怪，
倒怪热闹。

凿一只象牙舟

有一天突然幡然悔悟开始写文的帅哥（假的）。

梦想是发家致富，走向人生巅峰。

j i n g

取经

Q u

i n g

文_凿一只象牙舟

有一天突然幡然悔悟开始写文的帅哥（假的）。

梦想是发家致富，走向人生巅峰。

01

芜山说大不大，说小不小。论凶险，有普舵山、狮驼山、黑风山诸如此类的夺命催魂山在前头，芜山排不上号。只是其两面环海，过往路人除非渡海，左右绕不过这座山。作为重要的交通枢纽，芜山以一种豪横的姿态盘踞一方，千百年来，沃土又催生出各式各样的精怪，俨然一派欣欣向荣之象。

一群精怪平日里安分守己，兢兢业业地在自己的岗位上埋伏十天半个月，就为等过路的行人踏过，趁其不备做个青面獠牙状，将那路人吓个半死，再张开大嘴，把人囫囵吞进肚。

"精怪"一词听上去就比"妖魔"低上一头，实际上，也确实如此。正儿八经的妖魔就算被看破化身，现出原形，也是凶猛无比的存在。至于精怪，一块石，一枝花，应运成精，本领不大，却擅长做些蛊惑人心的勾当。它们并不像戏折子里说的那般肆意妄为，反而要为温饱劳碌。

相磷是腊月间新生的精怪，刚生心智不久，就开始尝到何味为苦。旧的精怪未去，新的精怪却源源不断地生起，一帮老精怪嘴上不说，暗地里却总是排挤新生儿。

相磷有个毛病——最怕独处，要热热闹闹的才好。他跟在石大叔和螂大哥等一众精怪后面，软糯糯地唤他们，拜托他们养家糊口时捎上他一个，可没有精怪理他。教会徒弟饿死师父，是这么个理。

"猜猜我是……"相磷偷偷蒙住了蝉大婶的脸。

"相磷，别玩了。"蝉大婶不耐烦地甩了几下头，"我要去给我家夫君送些吃食，不奉陪了。"

她夫君是一只颇有些年岁的蝉，在山头那边埋伏了好几天，没猎到人，把蝉大婶心疼坏了。

没有精怪愿意跟相磷玩游戏，他们说得最多的是："相磷，让让。"可山头就这么大，相磷能让到哪儿去呢？

相磷游荡到山头，粗略一看，这树枝上，那泥坑里，草丛中，溪水里，处处藏着精怪，处处暗藏杀机。

"黄大伯，你……"相磷凑过去对黄鼠狼耳语。

"走走走，真烦人。"黄鼠狼挥挥爪子，像驱赶苍蝇一样。

你的尾巴露在洞穴外面了。相磷的提醒没能说出口。

"相磷太顽劣了。"

"真是。"

"熊孩子。"

"没错。"

这块山头响起附和声，此起彼伏。相磷讪讪地退到一边，默默地飘走了。

饿，好饿啊。饿到他五脏六腑都在燃烧。新生的精怪得不到滋养，聚不了多久的形，他一天比一天虚弱，要不了多久，他就该魂飞魄散了。

相磷钻进一个小土堆，昏睡过去。

02

到了正月，芜山热闹起来，一群精怪不知从哪个行人那里偷学过来的，也装模作样地过起了春节。

他们捏几个土丸子当汤圆，往沸水里"扑通扑通"地倒，丸子几下散开来，一股子土腥味升腾而起。几位精怪捏着鼻子喝下去，龇牙咧嘴。

山魈大哥还从他嘴下的一位亡命过客留下的包袱里翻到了几个烟火爆竹，他用火把爆竹点燃，爆竹发出巨大的响声。一群精怪兴致盎然，围成一圈手牵着手跳舞。他们说，这是那些"人"所说的除岁。殊不知，除的那个"岁"也是他们的同类。

相磷在一道道爆竹声和火声中惊醒，铺天盖地的饥饿感再次向他袭来。他张开嘴，啃了一嘴的泥，忍住不适感往下咽，但胃里一阵翻腾，最后那些泥全被吐了出去。

等他一点一点地爬出土堆时，外面那些精怪已经散了，没有收拾残局，满地狼藉。地上的柴火还未燃尽，相磷凑过去，用星星点点的火光烘烤身体。

消散之前暖和一下也好。相磷靠着树，意识如这火光一样在一点一点地消散。再次昏睡之前，他听见了"咚"的一声。这声一出，万籁俱寂。

新年，到了。

空气中多了一种味道，说不上香，但把相磷肚子里所有的馋虫都勾了出来，这股馋意甚至大过了睡意，让他睁开眼寻找这股味道的来源。

相磷终于知道这是什么东西了，是那群精怪念念叨叨、梦寐以求的人的味道。

要得出这个结论属实有点困难，因为这个人实在与相磷所认知的不太一样。他们说，人皮糙肉厚，面生须发，一身腥子肉，很有蛮力，碰到相磷这种小精怪，来一个吞一个。

而朝这边走来的人，头顶和面部都很光洁素净，身着一身素衣袍子，露出来的一双手白白嫩嫩的，他踏几步台阶便要歇息一下擦擦汗，实在是有些文弱了。

"猜猜我是谁？"相磷蒙住那人的眼，狠狠吞了下口水。

那人的脖颈白皙修长，看上去是最适合下口的好位置。只待他惊慌失措地回过头，一口咬上去，就能享受餍足的感觉。

"新年好。"那人背着身，斯文有礼，嗓音成熟。

"新年……"等等，这跟想象中的不太一样。他怎么丝毫不怕？相磷毕竟是个经验为零的新怪，他一时愣住，进退维谷。

相磷一言不发，一动不动，那人也一言不发，一动不动。

过了半天，相磷终于决定打破僵局，他开口："新年好呀新年好。"他说完这句话，学着人类小孩那样作了一个揖。

那人动了，在他的大行囊里掏出一个什么东西，相磷猜想他是要拿人类的武器。他眼巴巴地盯着这人的后背，在心里念叨，快些吧，快些转过身来打他，这样他吃了这个人就算不得作恶。

怪吃人，如同狼吃羊，羊吃草，物竞天择，天经地义，算不得作恶，这是那群老精怪说的。相磷隐隐觉得不对，但具体又说不上来哪里不对。而此刻，饥饿感要将他整个怪吞噬，他再也管不了其他。

那人拿着手里的东西要转身了，相磷眼睛一亮。

"既然拜了年，那便给你压岁果。"他将果子放在相磷的掌心。相磷怔了一怔，仔细端详起来。那果子其实不是果子，是个粉团子，用糯米裹住红枣、花生等东西，放在锅里隔水蒸熟了，再裹上红糖浆，看上去红彤彤的，喜庆极了。

相磷没见过这玩意儿，和这压岁果一比，那些精怪的腥土丸子就成了笑话。他欢喜地手舞足蹈，并暗暗得意，第一次有人不嫌他烦，还送他东西。

压岁果的糖浆香气扑鼻而来，相磷试探性地伸出舌头轻舔一口，一种从未有过的味道触电般席卷整个口腔。

甜。

灵智初开至现在，相磷第一次知道"甜"为何物。

舔了几口，相磷不舍地将压岁果收到兜里，再不去碰。还是饿，但这一丝甜就足以让他挺过去。

那人见他如此，微微一笑，又从行囊里掏出四五个压岁果塞给他。

相磷傻眼了……

"吃吧，我这还多着呢。"

相磷再也不顾及别的了，拿起一个大团子将小嘴堵个严实，像个土拨鼠一样咀嚼。一个、两个、三个，吃到第四个，相磷终于又恢复了斯文的模样，细细舔着上面的糖浆。他打了一个嗝，吐出一口气，也全是糖浆味，他看着那人，不好意思地挠了挠头。

还剩一个压岁果，相磷说什么都不肯再吃了，他仔细将它用干净的树叶包了收起来。

"我叫相磷，你呢？"相磷害羞地捂住眼，不去看他。

精怪的名字是不能随便说出口的，名字里往往会包含它们的一些信息，例如本体，例如喜好。被知晓了这些信息，可能会给它们带来致命的危险，而说出口的意味相磷可能还不懂。

"玄英。"他轻摸相磷的头。

相磷的本体是一团磷火，游荡于坟间，又被过往的人称为鬼火。

"玄英，玄英，玄英……"相磷笑着蹦跳起来。他涉世未深，如人类孩童般稚气未脱，对新鲜的东西有着极高的好奇心。

"玄英，你从哪儿来，又到哪儿去？"

"玄英，你们的吃食都这是这么甜的吗？"

"玄英，山外面你们的世界是怎样的呢？"

"玄英……"

相磷"玄英"个没完，一副叽叽喳喳的模样。

玄英却慢条斯理、很有耐心地一一回答他的问题。这倒让相磷有些不好意思了，他看着玄英温和的眉眼，炮弹般往外蹦的话语顿时卡住。

"不管怎么说，你是要过山对吧？"相磷鼓起粉嫩的腮帮子，故作老成地总结道。

"有我在，你放心。"他小手一挥，拍了拍玄英的肩膀。

03

午时，阴阳交替，阳光极盛。

相磷用芦苇叶做帽兜，再取了玄英的薄纱垂在帽兜边缘。玄英戴上，温润的脸颊在薄纱下看不太真切，一点下巴尖露在外面，脂玉一般。

相磷显出原形，藏到玄英身边，一团没有实体的磷火，把玄英包围了个遍，但又刚好被兜帽遮住，看不出来。他指引着玄英，往山那头走，路上偶遇几只精怪，还好都是有惊无险。

精怪们快快地躺在地上打着哈欠，看见玄英也不搭理，继续小憩。

相磷偷偷跟玄英解释，精怪不似人类需要睡觉来补充体力，但午时正是精怪最虚弱的时候，阳火旺盛，他们抵御不住，便控制不住地犯困，再加上相磷身上的妖味盖过了玄英的人味，它们便以为他是同类了。

如此，一人一怪顺利抵达山头边，再走就能出山了。相磷忸怩着跟玄英告别。实在是，朋友难觅。相磷扭过头，闷闷不乐。

"相磷，你可愿随我入世？"玄英摸摸他的头，这小家伙生来就没吃饱过，毛发缺乏滋养，毛毛躁躁的，颇是刺手。

"入世……"相磷呆住了，"可是，我是精怪啊，怎么能混进人堆里呢？"

"相磷，你说精怪正午便困乏无力，可你方才又如何？"

相磷摸摸肚子，那里面仅仅装着四个糯米团子，并不满当，可奇怪的是，他并没有那种疲乏感。

相磷的眼睛亮了一亮，随即又黯淡下去。

芜山的精怪最是迂腐，他们祖祖辈辈都生活在这儿，从未出过山。要生活在这世上，总归有些关系羁绊，人间是人情社会，妖间有妖情社会，爱人、家人、朋友，甚至身下的土地，你来我往，总是拘着人、妖，让他们不得前行。

相磷天生天养，不像肉体凡胎，无父无母，这座山，就是他的母亲，温柔、怜悯地包容所有。

"玄英，你等等我吧，我可能需要再想一想。"

不便在这座妖山久留，出了山五百米脚程处，有一间凉茶铺子，玄英在那儿歇脚，叫茶博士来，上一壶清茶细细饮着。

两个时辰，这是他与相磷约好的期限。

04

只需最后一件事，再求证最后一件事……

午时一过，精怪们又精神抖擞容光焕发了，他们继续养家糊口的行当——埋伏在山沟地缝里。相磷飘到老地方，一瞅，大伙儿都在呢，如此甚好。

他从兜里掏出那颗包好的压岁果，剥开皮，珍重地捧在手上："大家，这是我朋友给我的，留了一个，想带给你们尝尝。"

正在努力猎人的一众精怪们看着那颗黏糊糊的糯米团子，神色复杂。

"没有想尝尝的吗？"

一片寂静，精怪们各自在自己的岗位上尽忠职守，都不理会他。

"如此的话，那我就走了哦……真的走了哦……"相磷垂目，盯着脚下的草地。

"走吧走吧，没看到我们在干活呢，快去别处玩去。"

"对，去找你那个劳什子的朋友。"

相磷转身便走，他没有飘起来，而是一步一步地踏在这片土地上。

一团磷火在这座山中最是自由烂漫，它看遍了这山的每一寸，看了好多年。山里好热闹的，它爱飘过去偷听大婶们嚼舌根子。有妖气的地方才有俗世的烟火气，它餍足地想象着自己融入其中的样子，欢喜得多打了几个滚。

而如今，相磷独行在这片土地上，所谓的妖味，在他看来都是一个味道——酸。他酸得龇牙咧嘴，面目狰狞。

走到一半，相磷被人叫住，他停下脚步，但僵硬着背没有转身。

"相磷，你这是要去哪儿？"是蝉大婶的声音。

"我要走了。"

"走了？"蝉大婶扭过身子，转到相磷面前，塞给他一个布袋子，相磷一打开，里面是几块陈色的腊肉，"我家那口子从行人那里翻到的。相磷，新年好。"

"新年好。"相磷讷讷地说。

"我是说，我要离开这座山了。"他又补充了一句。

蝉大婶吃了一惊，又忍痛掏出一截香肠拿给他："决定了？"

"嗯。"

蝉大婶顺着他的头发抚摸，轻叹一声。

相磷到山下和玄英汇合，刚好用了两个时辰。玄英一壶茶早就喝到底了，不知在想些什么。

"皆是命数。"玄英道。

这压岁果并不是普通的糯米团子，是他沐浴焚香、拜于佛前、虔诚供奉三天后取的贡品。沾染了佛的慈悲，这样的团子一下肚，便可化去乖戾，厌弃血肉之食。

玄英早知这座山凶险万分，不易通过，便裹挟了好些团子，用来喂食山里的精怪。这是他的巧计，也是他的修行。精怪吞食了这些丸子，便可脱离哀鸿悲鸣的连绵业火，不再饱尝饥饿之苦，从此可食五谷杂粮。

而如今，其他的精怪还要在蚀骨的饥饿中苦苦挣扎，或是被饥饿彻底吞噬，或是被降妖之人打得魂飞魄散，才算终结。

"玄英，其实我本来想把那个团子交给蝉大婶的。但我觉得，对于她来说，脱离周遭的一切，剥去了她唠嗑串门的乐趣，让她远离爱人和朋友，好像也不算得一件好事。你说，我会不会想错了？"相磷苦恼地挠头。

"既已做出决定，便莫再想了。"玄英微微一笑，"如此，便随我去走上一遭吧。"

玄英自东土而来，奔赴西天修行，相磷听得模糊，似懂非懂。他只知道，跟着玄英，就可以多看一些他未踏足过的世界。

05

一人一妖踏上西行之路，路过好多城镇，稍做歇脚，便继续赶路。虽说是他俩结伴而行，却似玄英拖家带口，带了个弟弟和儿子在身边。

这日行至一座小城，城门只稍做修葺，古朴简陋。旁边的泥土堆上立了一块石碑，风化痕迹明显，"不二城"几个字隐隐可见。城里却颇有烟火气，商贩熙熙攘攘，卖力吆喝着。相磷站在一个包子铺前，走不动路了。

"老板，那……那便来十个韭菜猪肉馅的包子。"玄英颇难为情地说出口。

饶是那包子铺的老板五大三粗，满脸横肉，翻开蒸笼的手也顿上一顿。老板将包子递给玄英，待他一走，便给老板娘一个眼色，低声耳语。

"现在的和尚也开荤了吗？"老板娘啧啧称奇。

"不只呢，你看他还带着一个小孩，关系一看就不简单。"老板和老板娘讨论得热火朝天。

相磷捧着几个包子，啃得满嘴流油，玄英只得捏了手帕时不时替他擦擦嘴角，以免滴到衣服上。

"相磷，你在芜山都吃些什么呢？"

"不过就一些精怪的吃食罢了。"相磷从包子堆中抬头，那一张粉嫩的小脸也鼓得像个包子一样。

玄英摇头浅笑。精怪的吃食要说起来不过一个"人"罢了。相磷若真吃了人，在遇见他时便不会虚弱成那样。芜山上的东西，草根、泥土、浆果、溪流……只怕被他尝了个遍。

只是，如果相磷能不执着于韭菜猪肉馅就好了。玄英掐掐眉心，为相磷意外的偏食而感到头疼。若他能同那些牙牙学语的孩子一般肉馅素馅来者不拒，便好了。

玄英一路嗅着那若隐若无的油腥味，打了几个干呕。

饱腹后，相磷凑过身来，贴着玄英问东问西。玄英闻着扑面而来的韭菜气息，脸顿时绿了几分。

自己带来的孩子，便要自己受着。

玄英默念几遍大悲咒和清心咒，暗自思索要教会相磷学会舍得，特别是要舍得韭菜猪肉馅。有舍，才有得。玄英深以为然。

眼见天还未黑，玄英本想继续赶路，相磷却揉着肚子跟玄英撒娇。他哼哼唧唧地表示，吃太多了，困了乏了，走不动了。玄英只得携了相磷在城里的一间客栈歇了一夜。

刚在客栈登记好房间，玄英一回头，就看到相磷靠在大厅的木椅上阖上了眼，睡得很是香甜。玄英无奈，将相磷抱起，往楼上走。幸好相磷身量未足，抱起来倒也不算吃力。

只是这么一来更像父子了，玄英大窘，身形一转，遮掉身后几道探寻的目光。

一夜酣睡，翌日醒来，早早有人送来了早膳。

早膳是加了红枣、桂圆，细细熬好的小米粥，配了一碟掌柜腌制的酸萝卜。相磷总学不会用人类的筷子，一双筷子七扭八歪勉强拿着，夹了几筷子腌菜都掉在了桌上。相磷索性发了脾气，抱住头表示不吃了。

玄英好气又好笑，终于还是帮他夹了几筷子在碗里。看相磷吃得正欢，玄英心里一跳，他这算不算慈父多败儿呢？

掌柜上楼来撤走碗筷，一张肉肉的圆脸笑盈盈的："都说相逢即是缘，明日我成亲，不知二位可愿参加？就当讨个彩头了。"她给了相磷一大把糖，相磷往嘴里扔了一颗，笑开了花。

"说来不怕你们笑话，从前我和那人偶尔提起此事，他总说，要摆一个五百人的流水宴席，客人从天明吃到天黑，我俩便瞪着眼睛监督他们，不撑得走不动道，绝不能换人。"

玄英心头念头百转，迟迟未做下决定。

"明日宴席上还有各类奇珍，那冻果'妃子笑'，当年贵妃才可当作零嘴，酸甜解腻。"掌柜笑谈，正中相磷下怀。玄英暗叫不好，果然，一转眼，相磷便可怜巴巴地望着他，从他的眼神中，玄英看出了他对光明的渴望和对黑暗的不屈……

"如此，便麻烦掌柜明日唤下我二人了。"玄英礼貌微笑。

"那是自然。"掌柜拾了碗筷，施施然而去。

要等到明日，眼下确是无事。楼下有小孩在放风筝，骨架糊着的纸上绘着老鹰，飘在天上活灵活现。相磷没见过这东西，看着眼馋，玄英便买了个风筝和他玩。

只是，玄英小时候很少有时间出去玩，对于风筝，他也只处于"见过猪跑，没吃过猪肉"的地步。两人折腾了半天，跑了好远才把风筝升起来，最后风筝线缠在了一起，玄英索性把线一把剪断，风筝顿时飘出好远。

"相磷你看，没了线，风筝能飞出好远。"

"可是，它也很快就落下来了啊。"

"砰"的一声，风筝砸在地上，纸糊的雄鹰四分五裂。风筝要借风势直上青云，若没了线，等那风没了，风筝便失去了被收回的可能，只能这样惨兮兮地落到地上。

"好可怜。"相磷说。

他跑累了，玄英便把他背在背上，一步一步地往回走。

身后传来相磷均匀的呼吸声，玄英突然觉得，这样似乎也挺好。

他自小便一心扑在书房中，等长大一点，入了寺庙，即使师兄弟众多，他也只是修自己的道，甚少与他们来往。苦修数十载，说没有困乏的时候，是假的。可他从不后悔，并且坚定不移。他只是突然觉得，身边多了个精怪，倒怪热闹。

06

翌日，玄英给相磷好生打扮了一番。

相磷睡相不好，经过了一夜的"蹂躏"，毛发正处于野蛮生长的状态。玄英用木梳沾了水，好不容易才把他半长不短、异常凌乱的毛发梳平，拢在脑后，堪堪用一根木簪束起来。

衣服只有几套平时换洗的，玄英好挑歹挑，最后选了件带些金色花纹的袍子给相磷换上。相磷这一装扮，倒有些富家小公子的模样了。

玄英自己还是平日那副装扮，只是在外面套了件玄金褙子。

敲门声响起，两人清清爽爽地开门，门外却是平日里客栈打杂的。原来掌柜早早便要梳妆打扮，便唤了小哥来。

二人下楼，掌柜坐在厅前，一身凤冠霞帔，身边有一个婆子正捏着两根线在她脸上拉扯，脸颊被弄得泛了红，她也只是眉眼含笑，眉头不曾皱起。

小哥解释，掌柜这是在绞面，出嫁前姑娘都要绞面的。

掌柜看见了二人，笑脸盈盈，耳旁两只血玉坠子扑腾着打圈。

相磷打了个寒战，偏过头去与玄英咬耳朵："玄英，这看着好疼啊，掌柜怎么还笑，好瘆人啊……"

"大抵是心不疼吧。"玄英好笑地抓起桌前篮子里的糖，放在相磷手里。

"也是，如果我绞个面就能吃一口袋的糖，那便也不疼了。"相磷露出一个痴痴的笑。

道理都懂，可是，你为什么要假设自己绞面呢？玄英欲言又止。

午时将至，掌柜将手上一直捏着的盖头罩在了头上，端正地坐着。她在等那个人来将她接走。

突然，客栈前面传来敲锣打鼓的喧闹声，脚步声越来越近，直到在客栈前停下。

"夫君，是你吗？"掌柜的声音从盖头下传来，因激动而变得有些尖利。

那人不答，只随着几人走上前来，他们将牵红的两头分别放在二人手里，那人隔着红带，温柔地牵引着掌柜。

"是了，夫君，你来了。"掌柜柔情似水。

大厅早就聚满了宾客，掌柜似乎是将所有的房客都喊了过来。二人便要开始举行仪式，一时欢呼声、贺喜声不绝入耳。

一拜天地，二拜高堂，夫妻对拜。

两人最后的对拜，弯身弯得太厉害，几乎要起不来身，仿佛是谁弯得更下去些，谁便要更爱一些。

礼成。

"诸位宾客，宴席这便开了，请慢些享用。容我换身衣服。"

相磷垂涎那水晶盘里盛着的"妃子笑"许久，央求玄英夹了几颗在碗里。果肉还蒙着一层冰霜，颇有些冻嘴，相磷却吃得不亦乐乎。

掌柜换了一身红衫，下摆收了尾，显得利落清爽。她摘了面，端着酒杯来招呼客人。几杯下肚，她的脸色更显酡红。转到玄英和相磷这一桌，两位一个是出家人，一个是身量未足的少年，都是不沾酒的，她便以茶代酒，一齐喝下了肚。

"掌柜的，你该少喝一些的。"玄英道。

"不碍事，今日我高兴。我真的……好高兴。"掌柜又将酒杯斟满，晃晃悠悠地去了另一桌。

新的菜源源不断地端上桌，玄英相信，他们是真的可以如掌柜昨日所说的那样从天明吃到天黑。玄英找了个托词，和掌柜道了辞，拉住还在艰苦奋斗的相磷回了房间。

不是说，二者关系陷得更深的那一方付出得要多一些吗？照这么看，掌柜便做了那个一头猛扎进去的愣头青。上上下下，全是掌柜一个人在张罗。而男方只是站在一旁看着她，温柔地笑。

"玄英，掌柜为什么能一直笑啊，她的脸不僵吗？"相磷称奇，牵扯着嘴部的肌肉，倒不像在笑，而是做了一个鬼脸。

"因为她要笑给她的夫君看啊。她维持了这么久的笑意，不过是为了让她的夫君知道，你看，嫁给你，是我最高兴的事。"

"玄英，掌柜和她夫君结了姻，便能一直在一起了是吗？"

"不是的，能结便能离。"

人心是最容易变的东西，更何况，生老病死是常态。说到分离，有千万种可能。要用那一种相聚的可能来赌吗？胜率太小，便可忽略不计。

更何况，掌柜和她夫君怎么能说一直在一起呢？她牵红的另一头是一个虚弱不堪的生魂。相磷作为精怪，自是能看破的，而玄英，受了好些案上的香火熏陶，一双眼睛也能看个大概。那人去世有些时日了，恐怕是因了执念，才坚持到现在。

所以他站在一旁，看着她温柔地笑，因为除了这，他再也干不了其他的事情。今日礼成，他的执念就算散去，从此六道轮回，再寻不到。

"相磷，一直是假的，但在一起的时候，是真的。"

115

对酒当歌，人生几何，譬如朝露，去日苦多。

玄英从杂役那里要来一桶热水，混了些冷水进去，再扔些皂角在里面。今日给相磷束了发，这般散下来头发更散乱了，他便趁着便利给他洗个发。

相磷像小狗般懒懒散散的，任玄英摆布。玄英将相磷的头发揉搓在手中，另一只手持一只木瓢，舀起水缓缓地冲下去。水流温暖，相磷只觉得毛孔微张，忍不住打了个颤。

玄英也好久没有洗过发了，自从皈依佛门，五根清明，他便没了这种需求。他凭着幼时记忆里母亲一套行云流水的操作，依葫芦画瓢。

"相磷，注意我是怎么给你洗发的，学会了吗？"

"有玄英在就好了呀。"相磷微眯着眼，嘴角上扬。

"总会有我不在的时候。"玄英将桶里最后剩的一些水囫囵倒在相磷脖颈上，取一条干毛巾，包住相磷的发丝揉搓，再把毛巾塞到相磷手里，"像我刚才那样，把你发丝上的水珠都吸干净。"

"如果不这样做会怎样呢？"

"湿气重了，会头疼。"

"做你们人类真麻烦。"

何为假，何为真？相磷用毛巾去缠头发，几粒水珠打在眼睛里，晶莹通亮。

玄英伸出手，沉默片刻，最终还是收了回去。

07

不知是相磷长这么大第一次出山，水土不服，还是出山后终日胡吃海塞，甜辣不忌，总之，自从那日掌柜结了姻后，相磷便患上了病。病状颇为奇怪，每日早上脸上开始发水痘，不疼不痒，但数量却很多。直至下午太阳一落，水痘便慢慢消散，而到第二天一早，又开始冒出，周而复始。

掌柜唤人请来城里的赤脚大夫为相磷看病，那人简单开了些膏药，让玄英每日为相磷擦拭两次，并嘱咐，此水痘万万不可见风，不能抠去，不然有毁容之忧。玄英不知道他们精怪那一带有没有这样的说法，不过保险起见，还是应允了下来。

玄英有种奇怪的感觉，他觉得自己是在养娃。这娃走不得动不得，一日三餐要自己一勺一勺地喂，身子更是娇弱，门窗要时刻看着，缝一定要关严实，因为他不能见风。

如此，好像他的身家性命都交代在了自己手上，自己一个念头便能决定了他的生死。倘若，这娃真是如此乖巧的话……

然而，相磷并不是一个好伺候的主。茶水淡了会哼唧，粥熬得久了会哼唧，躺得无聊了会哼唧，玄英出门出得频繁了更要哼唧。

相磷这病反反复复，还不知要多久才能痊愈。在客栈多待的这几天，玄英清心咒都多念了好几遍。

这日，玄英照例早起给相磷上药，看他睡意蒙眬，便没有唤醒他，轻手轻脚地出了门。

掌柜早早等在外头，两人点头示意。

他们要去的是城中心的祭祀台。

祭祀台香火鼎盛，其中三炷大香高高耸立，几乎有一层楼高，另外的小香更是数不胜数。掌柜将一炷香点燃，虔诚一拜，再插进炉鼎里。

玄英今日戴上了毗卢帽，手中佛珠转动，口中轻诵经文，香火袅袅下，颇有些慈悲相。

"掌柜放心，他已经安心而去了。"

"如此便好。"掌柜那双笑眼第一次涌上泪来。其实，哭倒是比笑容易。

不二城的居民生来便入了不二城的籍，死后会有家人为他们在祭祀台留一炷香，这便是他来过这世间的证明了。

玄英赶着回去给相磷喂饭，一回屋，看到房里没人。客栈的杂役说，他只看到一个脸上罩着黑纱的人出去了，于是玄英火烧火燎地往外赶。

在客栈旁边的茶馆找到相磷时，玄英看到的便是这般模样。一堆大爷大妈围坐在茶馆门口的藤椅上，卖力地嗑着瓜子，虽然时不时有瓜子从不严实的牙缝间漏出来……而他家那小子，罩着黑纱也不消停，不住地接大爷的茬，大爷颇是受用，觉得有人捧场，越发激昂。

不二城虽小，但凡尘琐事并不少。什么卖烤鹅的王二怀疑隔壁卖烧鸡的张三暗地里使绊子，由打嘴仗上升到互吐口水；什么李家婆媳不和，一个吃豆花要咸的，一个却非甜的不可；什么烙烧饼的大郎才发了丧，街坊邻居互咬耳朵说与那守新寡的小娘子有关……

相磷混迹于一堆大爷大婶之中，将这些陈芝麻烂谷子的事摸得一清二楚，颇有些如鱼得水的样子。

将相磷拎走时，几位老人家还恋恋不舍地往他的衣兜里装了好几把瓜子，并嘱咐他一定要再来。相磷深情地向几人告别，道明日一定来，颇有些惺惺相惜的意思。

之前也有小孩拿了蹴鞠球约相磷去踢球，但被相磷拒绝了。玄英还为此挂心，担心相磷怕生，不习惯与人相处。但他现在明白了，相磷不是怕生，而是娱乐方式和那些小孩不一样罢了。

玄英一个人走在前面，相磷畏畏缩缩地跟在后面，没了平日里指责粥熬得不好的气势。

"玄英，玄英……"

"玄英，你别理我啊……"

"玄英，我知道错了……"

回到房间，玄英取下相磷的面纱，照旧给他喂了饭。相磷期期艾艾地看着他，玄英一言不发。

"玄英，你生气了吗？"

他的确是生气的。最开始是气相磷不能见风还偷跑着出门，然后，他取下相磷的面纱，见他脸上肌肤细腻光滑，才察觉原来这小子是忘了给自己点上水痘了。

其实，他早该发现的，精怪不似人的身体，什么水土不服，什么体内失调，套用在精怪身上简直是笑话。相磷怎会染水痘呢？除非是他自己使法子变的幻术。

玄英也不知道该怎么形容此刻的心情，恼怒？如释重负？又或者还有那么一点点的失望？

失望吗……

他难以承认，其实这段平常人的生活是他从未有过的体验，对他来说弥足珍贵，他也从养娃的过程中尝到一丝甜头。

"相磷，我问你，你是不是真的很喜欢这里？"若是不喜欢，又怎么会装病一直待在这里。

"是呀，这里的人都好好，我好喜欢和他们一起玩，而且……"相磷是天生的精怪，在这世间没有去不了的地方，他只是贪念一些温暖，便心甘情愿地被束缚住。

"我明日便要启程了。"玄英叹气，手掌拂过相磷的头顶，"这世间便是这样，缘来便聚，无缘便散……你与这里有缘，是去是留由你决断。"

"玄英，我要你与我一起留下。"

说"一直"是假的，相磷却偏要它变成真的。

"我有我的道要走。"玄英道，他竟也会开始贪念那些温暖，幸而抽离得不算太晚。他不会忘记属于他的征程，这是他的责任。

"玄英……"相磷拿出撒泼的劲儿开始在床上翻滚。他期盼这次玄英也会妥协，可玄英没有。玄英看他号哭得涕泪直流，狠心不理。

其实玄英是知道的，因为自己是第一个带相磷出山，第一个对他好的人，相磷对他有雏鸟情结，他依赖他，信任他。幼时没得到过的，长大一些便要加倍讨回来，所以相磷表现得像个被宠坏的孩子。他只是，太渴望，太害怕了，他怕还没能得到足够的温暖，就被打回原形。

他养的娃，必须要长大了。

"玄英，何为道？"相磷平静下来，抽泣着问。

"芜山的精怪拒绝了那颗压岁果，而你接受了，这都是你们的道。每做出一个选择，便是一个道。"

"就如同掌柜与那生魂结姻，又送他超度？"

"这是她的道。"

"也许，我也有我的道……"

一夜无言，睡至天光。

玄英起来梳洗，相磷也一骨碌地爬了起来，两只熊猫眼甚是醒目。

"玄英，我想好了，我和你一起走。"

"那当然好。"玄英笑道。

"你看你，手无缚鸡之力的。没有我的保护，我怕你半路被哪个妖怪抓去。"

"有相磷在，当然就不怕了。"

"那是自然。"玄英，我想我也有我的道。

08

走出不二城，相磷好似长高了一点，面部轮廓明朗了几分，如今看上去已经完全是个少年了。

玄英一问，才知精怪化形之时便可以变成人的模样，只是当时相磷自觉还小，便捏了个身量未足的少年之形。如今自己想长大一些，那副模样便随他的心意变化了。

二人走的这条路很是奇怪，前面还有零星几个村庄，等到了后面，却是渺无人烟。前行到尽头，两人被一条河拦住了去路。

这条河甚是宽阔，一眼望不到头，水面波澜不惊，看着像是一潭死水。旁边的石碑看起来年代久远。

二人正想办法过河，水面上徐徐划来一只船。船的模样甚是怪异，船身四周用绳索串联了几个木球，在水面上划出一道道波痕。

戴斗笠的大叔从船篷中探出头来，问："你二位可是要过河？"

相磷忙招手示意，大叔将船停靠过来，接二人上了船。

沿途重岩叠嶂，大叔持桨晃悠悠地击打水面，和玄英闲聊。

"你可是要前往西天修行？"

"你怎得知？"玄英一惊。

"修行之人这些年我见得多了，好歹有个七八个吧。跟你嘛，倒是挺像。"大叔笑声爽朗。

玄英藏了片船角淤泥里的落叶在手里，偷偷丢到水面上，落叶在水面上打了个旋，竟然沉到水下去了。难怪这河面干净到不可思议，竟然连树叶都能沉下去，只是不知这船又是如何浮起来的。

一路神经紧绷，玄英竟是浑浑噩噩地睡了过去，醒来就看到船夫大叔的面庞。

"醒醒，到了。"船夫大叔提醒他。

玄英一看，船已经靠了岸，他晃晃脑袋，只觉得头疼欲裂。

向大叔道过谢，玄英继续赶路。一路闯入好些国家，见识了好多风土人情。有的包藏祸心，对玄英怀有恶意，有的与玄英相识，助玄英一臂之力。

缘来便聚，无缘便合。

在与一位新结识的朋友道别时，那人说了这句话。玄英觉得这句话有些耳熟，像在哪里听过。不管怎么说，总归是安然通过了那些地方，奔赴西天。

玄英觉得，他像是丢了什么。他好像，不该是一个人的。多少年前，他的身边好像有一个叽叽喳喳的少年，可再一想，却怎么也想不起那人的面孔，甚至连名字也不记得。或许，是在梦里模模糊糊见过吧。

那日，他登上西天极乐，入雷音寺。钟声呜呜，震得玄英心头一颤。

如来端坐在莲花台上，声如贯雷："尔此般修行，功德圆满。"

玄英却抬眼看着这殿阁之顶，眼神复杂："相磷，结束吧。"

此声一出，这庄严宝相，庙宇佛寺即于眼前寸寸消散，头顶苍穹倾倒，万物翻转。

直听到这钟声，他才神志清醒。他丢了一个精怪，但其实，他一直不是孤身一人。那精怪化作这幻境困住他，也陪着他度过日日夜夜。这里遇到的每个人，脚下踏的每块疆土，这幻境的每一分，每一寸，都是他。

09

玄英再次睁开眼，映入眼帘的是船夫大叔的面庞。

"你这一觉便是半个时辰，看起来是丝毫不悔呢。你们修行之人都一个样，一样的蠢！"船夫的胡子霎时变得火红，脸色灰青，现出他那妖魔的本相。

自是，不悔。

他们说，玄英天赋异禀，是天赐于国的祥瑞。后来他们说，玄英大师，请渡他们一程。他们是国的子民，供奉着玄英，像供奉着心里的一座佛。如此虔诚，尤死不悔。

如此，不悔。

相磷起身，挡在玄英面前，笑容苦涩："还是被你看破了。我唯一遗憾的是，没有困住你更久一些。"

"相磷，我说过，我有我的道。"玄英如今要踮脚才能摸相磷的头了。

"你的道，就是在这里死掉吗？"相磷声声如泣。

自发现那落叶沉于河底，再看那船旁的木球，便成了八个头颅，森森浮于河面之上。

这船夫，原是这河里的妖怪，不知吃了多少过路人。他的任务就是等一位修行之人来，渡他过河，寻得解脱。但那位取经人不是玄英，因为头颅才八个，他要集得九个取经人的头颅，才能渡得最后那一个取经人过河。

玄英少时也曾有凌云壮志，誓要潜心修行，解读经文，传于信徒。而未来确实会有那么一位僧人做到，但那位僧人却不是他。他只是一位开路人，后世如何传经授道，也无人记得他名。

"前面八人都已做到，我又怎能比他们弱。"玄英扯出一贯的笑脸，搂过相磷，像不舍游子的慈母，"相磷，这是我的选择。"

做那九个头颅中的第九个，引得那第十个取经人过河，这是我的选择。

相磷抬起头，想说些什么，耳后却传来一阵劲风，有掌风狠狠击在他的脖颈，他只觉眼底一黑，晕了过去。

10

相磷在第二日醒来，那船夫荡着船，船周挂着九个木球。

他扭着身子，一拳一拳砸在船夫身上，那船夫也不反抗。最后他打得精疲力竭，也没让船夫伤损分毫。相磷瘫在船头，阳光肆无忌惮地射进他眼睛，涌起晶莹："喂，你杀了我吧。"

船夫捏了个东西走过来，相磷闭上了眼睛。想象中穿透骨肉的声音并未传来，他睁开眼，船夫扔给他一个酒壶。相磷打开塞子，辛辣的液体浇在他脸上，有少许流入口中。

辣，好辣！相磷只觉得五脏六腑都在剧烈燃烧。

"喂，小子，你要怎样呢？为他报仇，怕是杀不了我。我呢，也没那个心情杀你。"船夫倚着护栏俯瞰他，"但如果你愿意代替我，做这船夫，你还能遇见他。"

佛前座下弟子犯错，罚下界来，十世修得圆满，赎清罪孽，第九世，便是玄英。

相磷接过了九个木球，化作船夫的形，成了新的船夫。那船夫长笑三声，颓然泯灭于山河之间，化为渣灰。

他终于得到了解脱，而相磷囿于其中。

多少年过去，相磷撑着船，有好多记忆都在慢慢消散。

他在找，或者说是在等一个人，

那人长什么样子呢，相磷仔细回想，却怎么也想不起来，他怀疑，就算那人如今就站在他面前，他怕是也认不出了。

日复一日，相磷面容不改，但他觉着，他已垂垂老矣。

这天，有一人过河。

那人着一身僧衣，头顶光亮，温文尔雅。

相磷撑船过去，问："可是要过河？"

"那便多谢了。"那人微微躬身，唇齿浅笑。

相磷恍然想起，多少年前他与那人初次相见，那人掏出一个压岁果，放在了他的手心。从此他常伴左右，祸福相倚。

玄英，我也有我的道。

"我名相磷，请问你是？"船在湖面上晃悠，相磷朝着船篷里那人笑。

"贫僧名玄奕，从东土而来，前往西天修行。"那人慈眉善目，眉心一粒朱砂痣煞是好看。

相磷笑得脸都要僵了，像是在哭。

"相磷，你怎的了？"那人问。

"无事，只是想起了一位故人。"

"我有些似他吗？"

"嗯。"

　玄奕便也笑了，笑得颇是爽朗。

　我以前，有好多话跟你说。要论起来，好像是几百年以前吧。他后来来到这条河，送形形色色的人或妖往来，知晓了好多八卦轶事，想说给那人听。

　只是太久了，实在是太久了，久到让那些想说的话不值一提，无处遁形。等后来他真的遇见了那人，便只能像戏折子里那样俗套地说一句：我名相磷，请问你是？

　你是？

　你是玄奕，你是玄英，你是接我出山，伴我入世的人，也是我誓死追随，一路守护的人。

　从前有一个精怪，想说的话很多，想要的听众只有那一个，最后所有的话都变成了他背在肩头的担子。我会看你一颗赤子之心被蹂躏，被摔打，变得更柔韧，也会保护它不让破碎。

　如此，不悔。

End

ゆめ、優れた

jiāqī

佳期

rú

如

◎ 文／横竖横

魔法学院大龄留级生。
微博@在八个世界里反复横跳

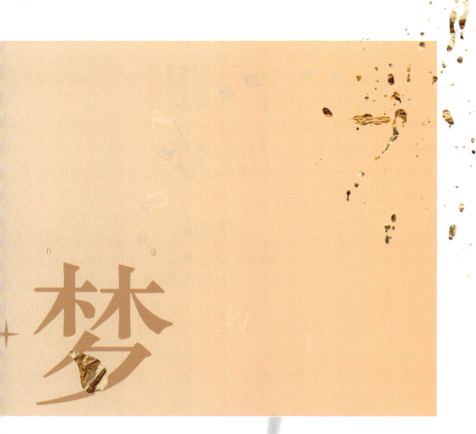

梦

可风是风，若他也想跟随，
沉重的肉身只会撞到栏杆上，
撞得头破血流。

一个人只有一种命运。

佳期如梦

文/横竖横

魔法学院大龄留级生。
微博@在八个世界里反复横跳

01. 长蛇

H不得不中断演讲，在台上接了通电话。

"唔，抱歉，我得……"他站在正中央打了个笨拙的手势，一点儿也不隐蔽地就溜到后台去了。

好友瞪他一眼，顺势开了个关于大忙人的玩笑。

"今天要是不走运的话，"好友这样说，"他忙起来把隐形衣一披就消失了。"

底下学生哄笑起来，轻易便原谅了他。救世主理应日理万机，抽空赏光给新生做个讲座，忙一点儿没什么不对。

02. 天燕

乌紫色的光流在幽谧的空气中噼啪闪烁，带出的风旋扫起落叶，一个紧裹黑袍的身影闪现在凋敝的大门前。

巫师监狱在战后重建中已经大变，现在的巫师监狱从外表看上去同寻常的麻瓜监牢没什么两样。

但监狱就是监狱，暗地里折磨人的手段永远少不了。它变成了一座倒悬的金字塔，从表面上面积最大的那一层算起，往下数共有七层，每层逐次缩小，越往下所囚之人也越是危险。

从第三层起谢绝访客，囚室里照不进一丝阳光。常年待在里面的人，皮肤和双眼会变得很白。

D尤其如此。

当H举着一盏萤灯推开铁门时，他细长泛白的眼睛刺痛了一下。

"来啦。"他的口吻一如端坐茶室的主人跟老友寒暄。他的声带枯哑，昭示着他经年累月的沉默，如砖石，如锈铁。从它还簇新的那天起就被世人遗忘在此，迄今已是第十九年。

H扬手，从黑袍底下抛给他一瓶东西。D的眼神没有准头，伸手没有接住，瓶子就咕噜噜地滚进角落里。他弯腰把它从枯草堆里扒拉出来，药油味儿弥漫开，D急切地涂抹着肿胀变形的关节，发出贪婪的嘶嘶声。

地下阴湿，关节痛是没有办法的事。等那些奇形怪状的骇人肿块消下去，D掂掂药瓶："去年那瓶真是小气，五个月就见底了。"

H凉丝丝地说："那就省着点用吧。"

他摆开一桌食物，从还未关上的空间裂口里取出最后一瓶葡萄酒。羊腰子布丁、苹果肉桂派、南瓜汁和冷兔罐头、两勺罂粟子薄荷冰激凌，D手边的烤面包片还用丝帕垫了一碟厚厚的枫糖浆。

"没有保温？"

"直接从学校礼堂挖来的，有点化了，凑合吃。"

D 点点头就凑合吃了，两人面对面沉默地用餐，D 喝葡萄酒，H 喝南瓜汁，谁也不多说一句话。

H 吃得很少，半天抿一口，多半是看 D 吃。一个悬浮咒把萤灯吊在半空，他看见 D 咀嚼也不张嘴，那双唇白得吓人。

两人坐得很近，却也听不见他吃饭有一丝响动。末了 D 拿起丝帕擦擦嘴，偏头一哂："你今天迟到了。"

H 点点头，说："那我补给你吧。"

他绕到 D 的身后，魔杖变成梳子，他开始一点点往下给 D 梳头发。

D 似乎有点惊讶，肩膀微颤，但仍是平静地背对着他。

昔日的风度回来了，他把袖口挽得整整齐齐，脊背挺得几乎与椅背平行，仿佛刚刚那个常年不见天日的鼠辈不是他。

H 动作不熟练，却足够轻柔耐心。

很多年前，他的目光穿过狮院礼堂的重重人影，曾在某个瞬间设想过手指穿过金发的触感。软吗？很细致吗？不，会摸到一手发胶吧。他想着想着，就走了神。

后来他参加过许多婚礼，每次看见水晶灯下泛着金光的香槟塔汩汩满溢，也会晃神地想起那丝滑如缎的头发，想象浅金色的酒液兜头淋下的画面，不免忍俊不禁。

但不会有了，D 注定与任何一场婚礼都无缘，无论是别人的，还是他自己的。

H 挽着这把枯草样的长发，毫不意外地从中拣出许多干巴巴的白发，枯萎的，末梢打着脏兮兮的结。他老了。

不知怎的，H 竟对此生出一股自由者的愧怍。

年幼时他和 D 在书店狭路相逢，便以为这家伙老了也会像他父亲一样，优雅、傲慢、不可一世。可他竟是在这么一个毫不体面的地方毫不体面地老去了。

大概被扯疼了，D捂住一边脑袋"嘶"了一声："梳那么久，像要上断头台一样。"

H说："真要上断头台就该给你剃光了。"顿了片刻他又问，"……这次是哪里呢？"

"我不知道。"

"到底还有多少？"

"不记得了。"

"你不会真的拆成了八十几块吧？"

"也许吧。"

"好吧。"

H叹口气，没再追问。他放下梳子，拆了胸前的缎花勉强充作发带。他咬着缎带的一端，松松垮垮绕过去，扎成一个歪歪扭扭的蝴蝶结。他正要抽紧缎带，忽然被D按住了手。

一时间他愣在那儿，手心牢牢贴着温热的头皮，手背触到D湿冷的掌心，谁也没有动。

而后D把他的手牵下去，摊开，缓慢而深刻地写下一串字母。一年中只有这一天，他被允许使用一点魔法。

H闭着眼睛，猜测那些字母的走向，却不免又随着D指尖的游移走神。他想，只要D愿意，他能写一手怎样锦绣生花的字啊。

"喏，给你了。"D推卷着H的手握成拳。

H的另一只手一挥魔杖，萤灯、长桌和用剩的餐盘通通被收进空间盒中消失不见了。

囚室再次归于黑暗。

H抵着门框："……那我走啦。"

习惯了光明的双眼无法立刻看清，他不知道D是否已经转过身去。静了片刻，漆黑中传来冷淡的声音："不送。"

H呼出一口浊气，用力关上铁门。他展开手心低头看去，一个银光闪烁的单词刻印其中。

Apus，天燕座。

03.＞天狼

D 的判决结果是全票通过的。当庭宣读的时候，只有 H 一个人提出异议。

这一幕近乎荒诞。

被告听着自己终身监禁不得假释的宣判时连眉毛都没挑一下，被害人唯一在世的亲属却断然扬声反对。

而被告的目光只在他身上停了一瞬，又淡淡移开，脸上的肌肉依旧毫无牵动。

H 在他身后喊："喂，不是你干的你为什么要认？"

他那时候那么年轻气盛，只相信自己愿意相信的正义。人被困在证人席的小格子里，声音追过去甚至还带了点儿孩子气，好像他根本没把那个判决当回事儿。

但 D 只是顿了顿脚步，便跟着看守离开了。

一开始，D 只是作为普通犯人被关押在地面上的第一层。他住在单人间，每天有十五分钟放风的时间，食物乏善可陈。他的魔法被彻底封印起来，但人们还是把他看得太危险，不允许他去任何场地劳作。每周的阅读成了他唯一的爱好，他似乎打定主意要把时间这样打发过去，因为在监狱里，巫师比普通人更漫长的寿命也变成了一种天罚。

父母一次都没来看过他，他对此始终不置一词。

D 适应得很快，直到 H 开始他那无休止的探视。

H 一周一周地坐在那里，花大把时间跟 D 来回拉锯。他那勋章和救世主头衔的特权全用来耗在了巫师监狱里。

这时候，H展现出他无与伦比的固执，几乎是自以为是的，让人觉得恼怒。因为你分不清他究竟是为你好，还是仅仅想要证明他没错。

"你不可能杀了S。"他说得那么笃定，D几乎被他的信任感动了。

可他回报给H的只是一个冷冷的假笑："我可以理解为这是看不起我吗？"

H摇头："不是时候，D，要吵架不是现在。"

"可我有的是时候，"D好笑地指指时钟，提醒来客他才十七岁，要在这里度过今后一个世纪的人生呢。

H眼色一沉："你以为我不是认真的吗？你脑子被谁下了咒，宁可烂在这种地方替别人背黑锅？"

"是罪有应得，"D耸耸肩，重新靠回椅背，"我可没有你那种圣母病。要不是证据确凿，你以为我不想脱罪吗？"他勾起一个讽刺的微笑，指指自己的太阳穴。

H亦是冷笑。

133

"就凭他们摄魂取念抽出来的那点画面？"他看起来恨不得上手扯住D的头发往地上撞，好把里面晃荡的水都撞出来，"你的大脑封闭术我是见识过的，连大魔头都拿你没办法。"

D深吸一口气，呼吸中打了个不易察觉的寒战。

"如果眼见为实也不能说服你，那我还有什么办法呢？"他摇了摇头，像一个年轻母亲对孩子的蠢话无可奈何。

H大爆一声粗口："去你的眼见为实，我相信自己的眼睛！在神秘事务司是你的姨妈B带走了S，我看得清清楚楚，她临走前还念了句死咒！你愿意替你的疯子姨妈顶上谋杀表舅的罪名，我可不会让我的教父死不瞑目！"他猛地前倾身体，一拍桌子，眼里灼烧着针锋相对的光，"为什么不把真相说出来，啊？我会帮你，你知道我会帮你，谁也关不住你！魔法部的蠢货，他们根本连尸体都没找到，所以才判不了你死刑！D，这是最关键的证据缺失！你不相信我吗？难道你不想要自由？"

自由。

D抬眼，看见H坐在自己对面，铁栏在他身上投下条条杠杠的阴影。可他是无畏无惧的少年，连咒骂时都眉眼鲜活。

世上没有能关得住他的栏杆，他倏忽一下就能从中飞逸出去，这就是H坐拥的自由。

每当H来访，就会勾起D虚无的心念，他忍不住想把手从栏杆间的缝隙伸出去。可风是风，若他也想跟随，沉重的肉身只会撞到栏杆上，撞得头破血流。

"真相，真相我已经说了，"D疲惫地打断他，"能劳驾你往后退点吗？你的唾沫星子快喷到我脸上了。至于自由……"他甩了甩封印镣铐，"如你所见，我是不配的。"

H一脸不可思议地看着他，像一粒烧红的炭被扔进冰水里，"刺啦"一下没了声响，只剩狼狈的喘声如一缕青烟在水上袅袅飘出。

半后他才说："那你当着我的面承认。"这回，他的声音是冷凝的。

D不假思索地说："我承认。"

"不。你说，是你杀了S。我在这里听你说。"

D沉默片刻："你可以回去看我的供词。"

"那不算数，"H直勾勾地看着D冷漠的灰眼睛，"我要你亲口说。"

这次D沉默得更久了。

时钟在墙上嘀嗒、嘀嗒，H沉下气与他两两相对，最后是D先一步背过身去。

"你该走了。"他说。

"你知道我没那么好打发。"

"……好。"D转过身来，神色晦暗难辨，"你要关键证据，我给你。"

说完，D猛地挫断半边手铐，在门卫冲进来制服他之前不由分说地拉过H的手掌，在H诧异的目光中飞速写下了第一个单词。

H惊疑不定，看看他，又看看掌心。

"……D？"

他用魔法在H的掌中写下了自己的教名。

几乎在同一时间，守卫们持械闯入，大力把D压在墙上，将其双手反剪铐上带电流的镣铐，好抑制他继续使用魔法。

D半边脸被墙粉蹭得灰白，从挤得变形的嘴唇里吐出一个音节，竟还犹带笑意："……哎。"

这算什么？

H从桌边站起来，倒退几步："你……"

"认识这么久都没听你喊过我的名字，我都怀疑你念不出来那个单词，今天终于听见了。"D在被重重押解扭送回牢房之时，回头对H露出一个轻缓的笑容，转瞬即逝。

反正过了今天，H大概永远不会再喊了。

H受到了盘问，无外乎D忽然挣脱封印是不是想要暗算你，或者他是不是有趁机越狱的打算之类的。后头附着新任典狱长无止境的恭维，以及劝他别再在虎狼之徒身上浪费精力。

H敷衍着离开，右手牢牢握拳。他把手藏在兜里，感到D留下的字迹正在掌心一闪一闪地发烫。那不是一般的魔法墨迹，他能隐约察觉到，它们打算牵引着他往某个地方去。

会是哪里？D的秘密基地？他还有后招？他终于肯合作了吗？

脚步停下时，H发现自己正站在广场12号紧闭的大门前。

S家的祖宅与S有着千丝万缕的关联。S是这里名义上的主人，曾经不止一次地与H畅想今后一起生活的画面。种种温馨，无一不与这座宅邸有关。

可近乡情怯，H已经许久不来了。

单词仍在催促他向前走，H做了个深呼吸，叩开前门，任由那股微妙的力量把自己带进落满灰尘的书房。

第一眼他就屏住了呼吸。陈设变了，墙上原本挂着大幅精绘彩色世界地图的地方，不知何时被另一张陌生画作所取代：一张八十八星座图。

黑天鹅绒般的天空背景被经纬线分割出深邃的立体感，密密麻麻的星点被阴线无规则地勾连在一起，星座之间紧密相依又各自为营。乍一看，说不出的和谐与壮丽。

而就在H站到它面前的瞬间，画面中的某个角落也发生了微妙的变化——原本静止的星座应和着他掌心上字母跳动的节奏，缓缓脱离画纸飘浮了起来，银色光点从星间摇曳弥散开。

H摊开掌心，D的签名如同一条银丝带，一点一点抽离出他的皮肤，飘然飞隐入那个浮动的立体星座中去了。

H心念一动。

D，天龙座。

什么意思？

星象是纯血统贵族偏爱的把戏，他们喜欢吹嘘自己的血统与星辰同辉同朽。D一向爱说些故弄玄虚的隐喻，是神祇典故那一套吗？线索在传说里？

他凝神看组成天龙座的星子在半空中轻盈浮动，伸手一触，银线猝然碎裂，从光舞萦绕的星团中迸落出一样东西。

那一幕他永生难忘。

"好……你要关键证据，我给你。"

他的耳膜嗡嗡作响，手足冰凉，从头到脚的血液褪得干干净净。

从星相图中掉出来的，是S双眼紧闭的头颅。

H如坠冰窟。

"我要见D。"

"你上午刚来过……"H脚下如飞，黑色披风的边缘滚滚翻涌。典狱长磕磕绊绊地跟在后头，"况且他关禁闭了……"

"那就放出来。"

H的声调很恐怖，一个字是一个字，有种濒于失控的冷静。

"他……"典狱长脑门上直冒汗，"他申请的是保护性禁闭，不见任何人……"

H猛地刹住脚步，典狱长差点撞断鼻梁骨。

"不见？"他咬着牙，尾调嘲讽地上扬，"见不见，是他一个阶下囚说了算的吗？"

话音未落，他站定在D的牢房前，抽出魔杖一点，把因禁闭魔咒而形成的光流外壳轰得粉碎！

典狱长震得一屁股坐在地上，嘴巴张成一个夸张的圆圈。

密集排列的铁栏间，一个人影盘腿而坐，背对着来客一动不动。

H毫不犹豫地对新刷的墙面又是一轰，牢房登时倒开一个大口。他抬脚跨进去，在烟灰弥漫中回头对典狱长说："劳驾，给我们一点空间。"

客气得让人毛骨悚然。

典狱长骨碌爬起来就跑："年轻人，现在的年轻人……"

H冷冷地看着眼前的人，不久前，他还一腔热血地坚信S之死与D绝无干系。而现在，那颗冷硬头颅的触感仍在他指尖挥之不去。那是他风流的、英俊的、胆大包天的教父的尸体的一部分。

"转过来！"魔法部史上最年轻的外勤队长如是命令道。

D一动不动。

"我让你转过来！"H扑过去一把揪起他的领口，"那是怎么回事？！"

D任他摆弄，如同一件被驯顺的玩偶。半晌，才有低哑的回答传来："那不是你最想要的吗？"

不，那不是。

那是他，最不想要的……

H喘息不已，他的胃里翻腾着，像有什么东西要呕出来。

D消极无所谓的态度比青白发灰的尸块更可怕，将他心中一层无形的屏障给击碎了。

"你……"H提着衣领的指关节白得发抖，"是你……"

"告诉过你了。"D遗憾地说。

"其他部分在哪里？"H把他用力一提，两人呼吸交错，可离得那么近，H只想一口咬断他的脖颈，"在哪里？！你这个畜生！"

D闭上了眼睛。

"你不会想知道。"

H一把将他抵在墙上，D受审后急剧消瘦的身体被他甩得几乎脚尖离地。

"告诉我，不然我会杀了你……"H全然歇斯底里，好像他竭力护在身后的人给他后背来了一刀，眼底漫开一层重伤猛兽般的血色，一种穷途末路的狂怒，"我向梅林发誓我会杀了你！"

D眼皮也没有抬一下，颈部被扼让他的声音变得枯哑，喉间滴出一股铁锈味，但他低低地笑了。

"H，"他说，"杀了我，你可就永远也找不齐他了。"

H松开手，脱力地跪了下去，双手慢慢捂住了脸。D按着喉头委顿在地。

"……为什么，"H哽咽的声音从指间闷闷漏出来，"为什么要这么做？"

D怜悯地看着他："因为我不得不这样。"

H像是一下子老了十岁，那层看不见的始终环绕在他周身如守护神一般的风消失了。他不再一往无前，而是被现实重重地掼倒在地。

"……算我求你，"他扯着D的裤管，"我求求你，你赢了，这么多年都算你赢，把他还给我吧……"

我拥有的那么那么少，他是我所有的一切啊……

H是个孤儿。

曾有一次，仅有一次，他离拥有一个家庭那么近，但那个梦很快就被打碎了。从小到大，其实他有的比别人都少，可他还是一直在失去。一切都结束的时候，他被迫长大成人，因为他再也没有长辈了。

"好啊，"D柔声道，"明年今天这个时候，你再来。"

H僵住了。

"什么意思？"他如有所感地站起来，牙关都在颤，"不，你休想用这套把戏吊着我。要么现在交出来，要么我永远不再来见你。"

D蓦然抬头，眼中光弧一闪而过。到了这个地步，他的回答竟还包含着一种奇异的温柔。他说："H，为什么你会用不再见我来威胁我？"

H扶着墙，与他相顾无言。

D亦不强求。

"听话，再来吧。"

说完，D又背过身去，闭上了嘴。他的整个姿态又回到最开始的样子，好像他仍在关禁闭，好像H从未来过。

139

H满身冷汗，精疲力竭，用力过度的手臂在微微痉挛。他试了好几下，才抬手拉响铃。

守卫赶来了，他们在他身后试图重新弥合墙面，却被H制止。

"把他关到第二层去。"他说。

04. 飞马

H当然不会听话，尤其不会听D的话。

他把S的头颅安置在S的卧室里，它曾被施加了极强的防腐咒，以至S看起来仍是风流不减。但也正因为施咒人的强大，H无法从星相图里破解出更多部分来。D不松口，H即便明知S就陈尸眼前，也无法取出他的身体将他安葬。

悲愤和莫名的遭背叛的痛楚驱使H在头一年里疯狂地拜访巫师监狱，甚至比D刚被判刑那会儿还频繁。

但十之七八D是拒不相见的。就算连典狱长都挨不过放H进去的时候，D也是任凭H咒骂、哀泣、恳求、威胁，都只是平静地转过身去，告诉他明年再来。

磨到第二年，D给了H著名的大熊座，从星团里落出一根食指，显然属于右手。也许就是它拿出金币，给H买下了那柄奢侈的光轮。

H最担心的是，也许八十八个星座里面全都有，那么直到他们两个其中一个死去也拼不完。

H看着那根手指，它明明悬浮在眼前，却好像是在用力扣挖他的喉咙，挖得他痉挛发毛，吐了一地。

H不再问是不是你，他只问为什么，问什么时候D才愿意放过自己。

"你很恨我吗？"H痛苦地问，"如果是这样，我就坐在你面前，你想怎样就怎样。可你不必拿他的尸身来折磨我，这和凌迟有什么区别？"

D照例是沉静的，巫师监狱的第二层位于地面与土层之间，类似欧洲常见的地下室，墙壁阴湿，但气窗里有阳光照进来。

"我不恨你，"他很吝惜字句似的，忽地一歪头，"但你会恨我吧？"

D保持这个动作冥想片刻，神色近乎天真，末了竟自己点头笑了笑，说："那也很好，那你就恨我吧。"

那天H没再对他说话，看也没看他一眼，但眼里有真正的怨毒。这样纯粹的恶意和报复的冲动，他只在亲眼看见D的姨妈——B向S发射死咒时感受过。

临走前H告诉典狱长，把D调去第三层。

第三年是天琴座，D则被扔进了第四层。

第四年是仙后座。

第五年是双鱼座，十二宫中出现的第一个。

其实 D 已经习惯了黑暗和孤独，再把他往下调，除了加重他的关节炎外已经没什么意义了。

但 H 无法不这么做，年复一年，最终他让 D 成了第七层的第一位永久住客。

因为 H 自己的生活也被彻底撕裂了，他失去了所有，朋友、亲人，他的生活似乎只剩下了 D 还有同样被分裂的 S。

第六年，H 从六分仪座中取出了心脏，忽然意识到他需要更好的殡葬相关的咒语，才能保存教父的尸体。

一个人只有一种命运。

一直以来，他都在拼命推动自己的生活向前走，好像在和过去的阴霾赛跑。他埋头工作，广结好友，或许以后他会很圆满，远胜他的父辈。到了那时，也许他就能停止拜访 D，不在乎 D 还有多少后招。S 那样的人，比起自己的尸体完整，也一定更愿意看到 H 的幸福吧。

而另一边的 D，他完全是另一个世界的生物。他精细、残酷、难以捉摸，像水中的伥鬼一样用无数碎散的尸体把他的某一部分永远拖住了。

每年的九月一日，H 来见他，拿到一个星座，取出一部分。到了第二年，又是老一套，这几乎成了他们之间的某种秘密仪式。

在无数个 H 中，有那么一个 H 是永远留在巫师监狱的，他在第七层的永夜中陪着 D 来惩罚自己，因为愚蠢和轻信害死了 S。

H 一度以为自己是可以赢的，毕竟他把来之不易的新生活填得那么满。可这一天，只需要这一天，他的整个重心就会被这一天、这一个仪式轻易钉死在了原地。

多年来，H 踏着两块木板，一块拉他上浮，一块扯他下沉，而人不可能拥有两种人生。他深深地吸进一口气，他像被人打了一拳，半天站不起来。

那个夜晚，H慢慢站起来，一时竟想不到有谁可以倾诉。他在黑暗中静了一会儿，下楼找到一家二十四小时营业的快餐店，问睡眼惺忪的店员要了大份的夏威夷比萨和两瓶火焰威士忌。

他领着被油渍渗透的快餐盒晃悠悠地去了巫师监狱，无视典狱长哈欠连天的抱怨，直下到第七层揪醒了D。

其实也无所谓，D在这里是没有生物钟可言的。

"吃了没？"H说，"请你吃夜宵？"

"我讨厌比萨上放菠萝，"D揉揉眼睛坐起来，"乡巴佬……"

"嗯，我知道，"他恶劣地说，"所以才买的呀。"

D没想到他去而复返，舌头还没将直："你——好烦！"

"起床气还这么大？"

D看着他头一回把食物带进来，摆成一桌乱糟糟的模样，表情复杂。

"我……算了，"H给他倒酒，"陪我喝一杯？"

H大醉而归。

05. 蛇夫

先例难开，请过了一顿饭，往后不带就难说了。

D一见H两手空空，就威胁要把救世主那晚发酒疯吼情歌的脑内图像取出来："你说我把它们卖给那些守卫，能赚多少钱？"

H大骂D是守财奴，在监狱里都不忘捞钱。

D谦道，承让承让。后来他就年年能开个小灶，再卖个惨还能白赚一瓶治关节炎的魔药。

H现在从容多了，按照规矩一年只来一次，似乎彻底放弃了说服D

的想法。但他开始花更多的时间来准备这一天的饭菜，有荤有素，色香俱全，反正也没有什么人在等他了。

H是从小察言观色长大的孩子，只要他愿意，没有人的喜恶能逃过他的眼睛。重重怒火从他身上如同时间般流去，他和D保持了一种奇妙的联结，隐秘而稳固。H甚至可以心平气和地跟他闲聊点过去的琐事，喝点酒，一耗大半天，然后再骑上飞摩托去广场，H对着那张星相图的心态就像抽奖，充满未知的等待。

不记得是第几年的秋天，D问起他知不知道自己为什么选了这一天。

"是开学的日子啊。"H说。

"是我第一次遇见你的日子。"

"……对，"H缓缓地笑起来，"也是我第一次遇见你的日子。"

D似笑非笑地看着他："那你后来，有没有很后悔遇见了我？"

这回轮到H沉默了，那天他喝的酒比往年都多。

今年是第十九年，H转身就去了熟悉的巷子。

殡葬屋里的那位跟H合作多年，虽然他管着嘴不多问，但他一直坚信伟大的H在执行某项绝密的行动，而他的手艺是其中至关重要的一环。

"我赌一瓶减龄剂，你猜不出今天拿到的是什么。"H把东西放上柜台，"……老板？"

标志性的尖帽黑袍慢慢挪过来，脚步之细碎让人怀疑他是脚底装了滑轮滑过来的。

"肩胛。"

"说真的，你今天……"H往他肩膀一拍，忽然顿了顿，眯起眼睛。

塞恩耸肩把他挥开，一只筋骨匀称的手在袖口一闪而过。

H不动声色地按住袋子往后退了一步，塞恩亦是不动声色地上前一步，隔着玻璃柜台按住袋子的另一边。

"你不想缝了吗，H？"

"想啊……"H的右手插在兜里，漫不经心地说，"这不是在拿钱吗？"

话音未落，一把金币劈头盖脸地向柜台里砸过去，每一个都带着堪称暗器的力道，同时H抽出贴身的魔杖把一个粉碎咒往里扔去！

对方左突右闪，但尖帽还是被金币雨往后打去，露出一张圆润白皙的娃娃脸，一把黑发高高束在脑后，不过十七八岁的样子。

H这才发现她比塞恩娇小得多，他森然地说："你把塞恩弄到哪里去了？"

"好失礼啊。"小姑娘娇滴滴地向左一闪，"我都认识你，你不问我的名字。"她身后的棺板被金币打了个对穿，吱吱呀呀翻下来，一个僵硬枯瘦的黑袍身影也从里面扑面倒下。

H眼瞳一缩，一记电光爆闪的恶咒就冲她甩了过去！

"这下漂亮！"

一簇同样可怕的光团直直打来，两厢一撞，爆开巨响，随后一同消弭在半空中，光线刺得人好几秒睁不开眼。等H再看清对面，他忽然愣住了。

即时再过二十年H也不会认错，她手里拿的是D的姨妈——B的魔杖！

H心念一动，冥冥中仿佛发现了什么很重要的东西，却一时无法理出头绪。

"算啦，"她比着那根弧度诡谲的魔杖笑得诡异，"你不问，我也要你知道。我母亲只留给我一根魔杖，我父亲的名字谁也不敢提。"

H毛骨悚然：B和大魔王生了个女儿？！

很快，两人在构造诡异气氛阴森的殡葬屋里混战起来。

恶咒来回间歇，H趁机劈手把一个布袋子漫天乱砸，她反应极快，抬起魔杖："粉身碎骨——"

光流触到布袋的刹那，时间静止，惊呼声被无限拉缓，肉眼几乎能捕捉到空中水珠的飞溅和玻璃破碎的轨迹。

B的魔杖对上S的尸身，一个强大无比的闪回咒被瞬间触发！

06. 天龙

多年前的一个夏天，D家族的庄园。

庄园外处处都在庆贺巫师届新生的到来，犹胜十一年前。

大魔王人死如灯灭，广场化灰的小视频在黑市疯狂流传，当时在场的人，人人脑内都存了个版本，但还要数三百六十度无死角综合剪辑版最受欢迎，天天被巨屏滚动播放。

但热闹进不来这里，这里的热闹早已结束了。魔王的信徒集结时的乌烟瘴气散得七七八八，冷灰残烟在壁炉里躺尸，丝绸帘子虫蛀一般被烟头烫出一个个破洞，地板上凝着不知是谁的血迹。

B看了就触景生情，逮住机会就是一顿发疯，D一家三口过得如履薄冰。

大魔王的死只是一个开始，战后清算他逃不过要吃摄魂怪一吻。虽然大魔王看在孩子的面上替B把后路安排得妥妥当当，可这疯婆娘能不能在指挥部冲进来之前把孩子生下来，那也要看梅林的意思。

B疯癫却不痴傻，显然也不想在巫师监狱分娩。她手上人命无数，最招人记恨的无疑是她那堂弟S。

在事务司里，他的教子可是想追过来要她的命呢。

兵荒马乱中，她瞬移时竟把他的尸体也一并带了回来。

B想，如果她能把这条人命摘出去，来日她和孩子就不用受到H的穷追猛打了。那么总有一天，她可以为魔王复仇——

她需要一个替死鬼。

145

"谁愿意替伟大的黑魔王完成这项荣耀的任务呢？"

她把D一家叫到前厅，尖尖的魔杖头从三人的下颌一一划过去，毒蛇吐信似的凉滑险恶，小的那个皮肤上立刻起了一层小疙瘩。

B笑了，很病态地。即便是如此光景，他人的恐惧和痛苦依旧能带给她快乐。

"那就……"她拖长音调扫视一圈，猛地揪出D来，"我的小外甥，你吧！"

"不！"D的母亲条件反射地跳起来，"我，我替他去，姐姐——"

"这时候想起我是姐姐了？"B冷冷地说，"你替H做戏的时候，也想到我这个姐姐了吗？"

一提这个名字，她就往地上啐了一口。

D的母亲哽住了。

"……那就我来，"D的父亲闭了闭眼，反正他都逃不过一死，"黑魔王的死我有错……"

多么动人。

B给自己倒了杯红酒，一手叉着腰欣赏这么一出令人心碎的家庭悲剧。

"父亲，你不明白，她一开始要的就是我，"D冷眼盯着B。D父身上没有她们家族的血，可他有，他知道这女人打的什么阴险心思，"你老了，关进去了又怎样？难道还放我在外面替你报仇吗？"

B一串疯狂大笑从天顶吊灯上掠过去，尖利得腹中胎儿都震荡起来，在她丝裙紧裹的皮肤上划出道道可怖的波纹。

"D，你真是太聪明了……"她贴上去在他耳边低语，"这么聪明，就更要送你进去了……"

D强忍着胃底发寒的恶心："你想怎么样？"

"永誓咒。"她简洁地说，"你去自首，永远把这件事烂在肚子里。一旦反口……"她两眼在夫妇两人身上滴溜溜一转，"他们就暴毙而亡。"

除了她，谁的脸色都不好看，D挽着母亲摇摇欲坠。但B全然乐在其中："对了，我忘了咒结。就让我的宝贝来吧，好不好？你还那么小，我们谁都活不过你的……"

她披头散发捧着肚子自言自语的模样，任谁看了都会胆寒，但那远不如她说的话恐怖。

永誓咒一旦订立便牢不可破，所谓咒结则是类似公证人的存在，相当于又一层桎梏。换句话说，只要 B 的孩子活着一天，D 就一天受限于此咒。

D 紧咬腮帮，脸色煞白，越过 B 枯瘦如柴的肩膀看见母亲正向自己含泪摇头。

"这个誓言对我没有任何好处，"D 说，"所以我有一个条件。"

"好处？"她像是听见什么天大的笑话，"你不明白自己的位置，你手上没有牌，怎么能跟人谈条件呢？"

"谁说我没有牌？"他被逼到绝境，反而萌生出一股莫名的力量，酷似前不久在这儿夺走他魔杖的那个青年，他对姨妈冷冷一笑，"你不过是在用我父母的命跟我换你和你孩子的命。我替你背了锅，你们四个都能活，的确划算得很。可你忘了，尸体是最关键的证据，要是他们在 S 身上用了回溯的魔法，你说那个害死他的咒语会关联到谁的魔杖上呢，姨妈？"

B 脸色一变。

折断魔杖是不可能的，那么唯一的出路就是……

"我的条件很简单，立誓之前，把尸体交给我销毁。"D 死死看住她突兀的颧骨，面具般的假笑越来越乖戾，"您挺着肚子，很不方便吧？"

B 满腹狐疑，又抓不出什么把柄来。

"好吧，但我要看着。"她昂了昂脑袋，流苏断了的耳坠胡乱跳动，"你去搬。至于你，我的妹夫——"

"他去拿浓酸。"D 的母亲泰然接上，在 B 看不见的死角向丈夫使了个眼色，"连金刚钻也入水即化。"

B 撇撇嘴，对小妹故作自尊的模样不屑一顾。

147

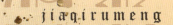

S 是中咒而死的，眼睛已经被 D 的母亲合上，表情是来不及收敛的笑意，底下还保有一丝难以置信。他被冰窖保存得极其完整，B 不住地嘲讽她对这个堂弟真是上心。

D 什么都听不见。

他用马克笔在那具清瘦青白的躯体上画出墨迹，手腕纹丝不抖，这是教授教他调魔药时练出来的基本功。

他第一次如此细致又近距离地接触一具尸体，脑海中想到的是要竭力感受它的样子。曾经在巫师监狱蒙冤受苦十二年的身体，原来就是这个样子。

马上他也会像 S 一样，担负着不属于自己的罪名，在最绝望的地方度过最繁盛的年华。而他绝无越狱的可能。

但总有人不放弃，父母永远不放弃。他知道父亲已经给所有的浓酸上了混淆咒，母亲则在瓶口准备好了空间袋，里面放着她从 S 家带来的嫁妆。

那张八十八星相图原本是用来藏宝的，眼下却恰好可以藏进 S。只要永誓咒还没成立，做点手脚就不算违誓。家族的默契让他们彼此生死相托，无须多言。

这是保全 S 尸首的唯一办法。更重要的是，将来有一天，万一他有昭雪的可能，他舅舅的尸体将是唯一的证据。

四只各怀心思的手交握在一起，随着古老拗口的咒语，召唤出一条细长柔韧的银丝，凌空将它们团团绑缚起来。最后的死结闪了一闪，便隐入 B 即将临盆的腹中。

永誓咒成立了。

从此，有一棵无形的巨树从 D 家拔地而起，以血亲间的厮杀为躯干，以谎言和背叛为养分，在这座即将荒芜的古堡中根植下去。

闪回咒的光华黯淡下去，H 跌坐在地。

闪回咒犹如回忆的万花筒，但实际上在外人看来只过了一秒不到。

画面消逝后，H和那女孩再次对视。她要为父亲报仇，用他的身体为容器借尸还魂。而他面对的，是D永誓咒的咒结。

心照不宣，不死不休。

短暂的停顿过后，两道死咒同时从魔杖中喷涌而出！

三十秒后，H转笔似的转了转魔杖，弯腰捡起B的魔杖，吹了声痞痞的口哨，吹掉杖梢并不存在的硝烟。

"就凭你？"

他抬腿一脚把人踢进棺材板里跟塞恩面对面，静了片刻，又把先前散落的金币都收拢起来，也一并放了进去。

"便宜你了。"他轻轻地说。

149

三天之后，H带着特赦令亲自走进巫师监狱地下七层。他手里拿的是铁证，只要把魔杖和尸体放在一块儿，谁也不敢再说D是杀人凶手。同时H坚称只有D才能协助他取出完整的尸体。因此虽然程序上有许多不合规的操作，但他是那个消灭大魔王的H嘛，英雄总该有些特权。

第七层很黑，很冷，连看守也嫌差事苦。

H提着萤灯走进去，D还是盘腿对着墙壁一动不动。

当然不会动的，H想。他以为我又来烦他呢。他蹑手蹑脚地走过去，从身后轻轻拍了拍D。

好瘦呀……

H蓦然鼻酸，说的却是，D，我接你回家。

解图是一件极耗魔法精力的活儿，D从巫师监狱搬回广场12号之后身体极度虚弱，眼睛还蒙着纱布，往往几天才能取出一件。

H没有催促D，他休了长假陪在D身边，粗笨地照料他的饮食起居。现在换作他来等人，他对D有用不完的耐心。

许多时候，他们就摊着星相图席地闲谈。

H问起B最后的去向，D便哑笑，说她机关算尽，唯独太高估了自己。她生下女儿之后，婴儿立刻就被大魔王的传输阵送往安排好的教养院。

"她把我弄进这种地方，你想我母亲会让她活着走下产床吗？"

难怪她的女儿只继承了一根魔杖，连面也不曾和她见过。

S重新变得完整，是D出狱后大半年的事了。他还是很英俊，永远停在不曾衰老的年华。看着他阖眼安睡的模样，不难想象十六岁的S是如何在校园中斗鸡走狗，无畏无羁，看得一旁的少女眉眼间都是眷意。

H抚摸过他的脸庞，低声问D："你把脑袋第一个给我，不是随便给的吧？"

D在棺木的另一边说："当然不是。"

"我想我也没那么好运，"H点点头，却不抬头看他，"你是想要我记住他这个样子，免得被后面吓到，忘了我教父有多帅。"

那时D已经去了眼罩，抬手给他一拳："现在才想明白，蠢到家了。"

H捂着额头半真半假喊了会儿疼，又问："朋友来问我，他的葬礼预不预备大办，你说呢？"

D没接话，H就自己下了主意："我说要越大越好，他生前总是一个人，但年轻时是很喜欢热闹的。"

D知道他不全是为了这个。

来的人越多，越是能把当年的真相公之于众，让他恢复名誉。

他觉得鼻头微酸。

这么多年，H一定以为他像一只死锚扔进沙中，拖住了D的人生。

可从来不是这样。

D是靠着期盼H的拜访才幸存下来的。如果不是一开始H那样坚持他是清白的，他也不敢将星相的秘密托付出去。

哪怕一年只有一次也好，人只要有希望，就能活下去。

那是他的光啊。

可他说出口的却只是淡淡一句："也对，热闹点好。他这张帅气的脸，没人来看可惜了。"

葬礼那天来的人果然很多。

从政要名流到亲朋好友，还有许多慕名而来的陌生巫师，广场前人头攒动，热闹非凡。

H掏出一支烟，重重吸了一口。

"哎，给我也来一根。"

D就傍在他身边寸步不离。他的关节已经太脆，行走离不开拐杖，人又是高挑的架子，裹上风衣便是形销骨立的模样。

H又掏出一根递进他唇间，打火机已经拿在手里，却又甩下壳子收了回去。

那一天，很多人都说看见H和D就像亲兄弟一般，说得有鼻子有眼，你不信也难。

但事实是，H把打火机塞回了口袋，凑上去微微一偏头——烧红的烟丝便渡过去，给D借了个火。

像是一把把相似的钥匙，
却没有一把能够打开他们之间的枷锁。

打火机可以丢掉换新的，
感情又何尝不是。

文 维卡_

俗人一个。

悬 xuan

xuan 悬

悬而望

悬悬

XUANXUANERWANG

而望

文/维卡_

俗人一个。

楔子

"我很喜欢你的她，多配你呀。"

01

宫野将凝胶涂抹在女人看起来依旧平坦的小腹上时，对方微不可察地收缩了一下腹部的皮肤。

于是宫野停下来看向女人清澈的浅褐色瞳仁，轻声开口问道："很凉吗？"

"没有没有，"女人慌忙摇头解释，而后有些羞赧地冲着她微笑说，"抱歉啦，宫野医生，我还是有些紧张。"

"不用紧张，"许是被女人的笑容感染，宫野笑了一下，"以后还得来

个十次八次的 。"

"天哪……"女人伸手捧住自己的脸，像是在给自己打气。

宫野收回目光，继续将凝胶推开，拿出消毒之后的探头，轻柔地放在孕妇的肚皮上滑动。

女人目不转睛地盯着电脑屏幕，黑灰色的扇形中有个模糊的阴影，她瞧不出什么形状，这大概就是她未来的孩子了。

于是她瞪大了眼睛，慢悠悠地喟叹：“真神奇啊。”

"宫内妊娠，一切正常。"

宫野冲她点点头，从床边的柜子拿出几包独立包装的干净无纺布，将女人肚子上的凝胶细心擦掉，她动作轻柔地拉下女人衣服的上摆，而后同她解释道："若是不舒服，回家用水洗掉就好了。"

"好的。"

女人从床上走下来看着她一丝不苟地填写报告单，目光落在"一切正常"上面露出了满意的微笑。然后又同宫野聊了几句关于孕期的注意事项，温和的金色夕阳将女人的面容映照得愈发鲜活，她脸上带着初为人母的紧张和兴奋，事无巨细地询问了许多问题，最后笑着说谢谢，走之前伸手拥抱了宫野一下。

宫野看着小护士送她离开的身影，轻轻地微笑了一下。

女人的名字叫Melody，是她来到纽约这家私立妇产医院之后接手的孕妇之一。

同其他孕妇一样，她带着初为人母的紧张和兴奋，开始也是小心翼翼地问她问题。与其他孕妇不同的是，她相当健谈且言语幽默，笑起来的时候眉眼弯弯清澈可爱，宫野总是抵挡不住她灿烂的笑意。

私立医院的好处就是不怎么需要加班，她每天固定工作八小时，每天只接待八个人，每人有一小时的时间来同她交流，其实更多的时候不需要那么久，她多半是坐在自己那张宽大的椅子上整理病例或者是看看文献，日子也算是轻松自在。

医院坐落在郊区的山林边，空气总是格外清新。她打开窗户便能看到远处青葱的松林，日光铺满大地的时候，心情总会舒畅些。

私立医院高额的诊金保证了怡人的环境，她也乐得清闲。

距离下班时间还有十五分钟，她站起身来走到小冰箱跟前，拿出来一罐黑咖啡。

"你怎么老爱喝这些不健康的东西。"

午餐时间不敲门就走进来的，除了她的同事 Ken 之外不会有第二个人。宫野低头看了一眼自己的腕表后白了他一眼，抿了一口咖啡告诉对方还有十五分钟下班。

"你真是完全保留了日本刻板的血统，哪有一点我们英国人的浪漫。"

"浪漫的是法国人，跟你有什么关系。"

"太不可爱了 Sherry 酱。"Ken 学着日本人惯有的语气称呼她，而后轻车熟路地走到她冰箱前准备拿一罐咖啡出来，却被宫野拍开了胳膊。

"我的咖啡也一点都不可爱，别喝了。"

"它的味道可以让我原谅它的其貌不扬，"男人毫不在意地继续了打开冰箱，"下次跟我女朋友进城的时候帮你买一些就是了。"

宫野不理会他，只是静静地凝视着手里的咖啡罐。

这是她偶然在一个进口超市发现的，即使这个进口超市距离她的住所有一个多小时的车程，而她却风雨无阻，定时开车到那边补充自己的库存。

像是遵守了一个不成文的约定，像是按时吃药的重病患者。

她抬头看到 Ken 刚好解决完手里的咖啡，然后抬起胳膊抛出一条完美的抛物线，"叮当"一下落在了自己脚边的垃圾桶里。

"Nice！"Ken 对自己的作品满意一笑，而后问宫野要不要出去吃饭，后者有些恍惚地回过神来，点了点头。

Ken 是她隔壁办公室的同事，也是一个产科医生。虽然是男性，却凭借精湛的医术和帅气的脸赢得了贵妇们的追捧。曾经 Ken 把自己和女友的照片放在了自己办公桌的桌面上，而后一个贵妇哭着投诉他假装单身。据他说当时在一片混乱中他瞧见了宫野看向他时平静的眼神，惊为天人。

其实只有宫野清楚自己实则是对很多事情都不感兴趣。对身边的人不感兴趣，对现在的生活亦提不起很大的兴趣，她享受这种平静无波的感觉。

那个总是能激起她内心波澜的人也在这个城市，在她不知道的角落里劳碌奔波。她想起那人的时候总是逼着自己浅尝辄止就好。于是她硬着头皮回过神来，强迫自己面对跟前的蔬菜沙拉，一片生菜放进嘴巴里，好像是有些苦了。

157

Melody 再次光临的时候是一个阳光明媚的周三，她穿了件栗色的宽松开衫和柔软的米白色平底鞋。进门后小护士递给她一杯温水，她笑着接过之后道了谢，走到宫野身边开始交谈。

"最近还好吗？"

"前段时间吃完东西老是想吐，真的是太辛苦了。"

"怀孕总是这样。"

"每当我吐的时候总是想踹我老公一脚，奈何实在是没有力气。"Melody 无奈地摇头，"凭什么他就一身轻松而我要死要活，太不公平了！"

"的确是难以逾越的生理因素。"

宫野笑了笑，按照惯例事无巨细地询问了对方一系列的情况。女人笑着回答，言语间都是对爱人略带宠溺的抱怨。虽然一般来说检查这种事都是夫妻二人一起来，但是宫野素来不喜欢打探别人隐私，对方不说，她亦不问。

在 Melody 的字里行间中她大概了解到对方是一个长相略严肃的男人，似乎比 Melody 大了不少，言语不多性格深沉。

宫野的职业素养让她认真聆听着对方的话语，只是不自觉地好像想起那个人。她强迫自己回过神来看着 Melody 漂亮的浅咖色眼睛，右手却不自觉地伸进裤子口袋，描摹着其中一个长方形物体的光滑轮廓。

那是一个老旧的 ZIPPO 打火机，刻板的银色外壳没有任何装饰。她在想事情的时候总是不自觉地用手描摹一下它，总之只是刚养成的不起眼的坏习惯。

护士递来 Melody 的检查报告，宫野伸手接过然后抬头询问 Melody 要不要等一等她老公。

"实在是很抱歉，"Melody 皱起眉头看了看自己精巧的银色腕表，"这家伙又迟到了。"

"不要紧，来得及。"宫野摇摇头，目光在她熟悉的指数间流连。

"不是说日本人向来严谨守时，这家伙跟宫野医生真是完全不一样。"

"日本人？"

"也不算，他是在英国长大的，但是单纯就长相来讲更偏向日本人？" Melody 笑着捏了捏自己的下巴，"日英混血，在英国长大的美国人？

"老天爷呀，"似乎被自己的形容逗笑了，Melody 摇着头叹了口气，再抬起眼来时眸子里像是盛满了狡黠的星星，"或许你们可以用日语交流，我大概能听懂一星半点儿，毕竟他也教过我一两句。"

宫野觉得自己方才大概是错觉，女人眼底的狡黠或许是对老公娇嗔的怨念。于是她也略敷衍地笑着回了句好，毕竟患者的丈夫和她实在是没什么关系。

有节奏的敲门声适时响起，宫野回了句"请进"之后，门把转动声响起，她同 Melody 不自觉地停下了交谈，她看到了女人眼底的期待。

大约是进门之后看到了心爱的人，男人声音都染上了些笑意，Melody 站起身来冲对方挥挥手，门边适时响起了一个低沉的声音，像是穿越了时空一样，精准无虞地落在宫野的耳朵里。

一瞬间宫野想起不知从哪里读过的一句话，模模糊糊，大概是说你可以忘记一个人的样貌，却会被永生判罚铭记声音的罪。她很清楚，这种与记忆相伴相生的罪把她整个人浸泡在苍凉的情绪里，不得动弹，毫无办法。

"抱歉，我来迟了。"

男人的声音从距离不远的门口传来，纯正的美式口音，像是漂泊许久的蒲公英忽然闯进她的耳朵里，惹得她颤抖。

她没有回头，只是愣生生地瞧着不远处落地窗外悬挂的太阳，她知道它即将落下，她知道它总会落下。

就像在听到第一个字起她便明白了这是谁的声音。

她蓦然想起离开日本的前一天晚上，她再次看见他遗漏在博士家的烟盒时，那空荡的盒身是一场快要燃尽的火焰，她一边苦笑着鄙夷这个烟鬼果真把健康当作身外之物，一边放空地盯着褶皱的烟盒许久，久到快要把记忆里男人不经意吐出的氤氲拍散干净，她才恍然地把与他相关的所有东西统统塞进纸箱，用胶带封好，安稳地放在地下室。

他当初也是借住了那么几天，留下来的东西寥寥无几。不同于男人离开时的干脆利落，他遗落在桌子上的烟盒和火机显得有些散漫拖拉。

她在来美国的前一天打开了那个尘封的箱子，而后费尽心思地取出了打火机里面的火石和棉芯，认真擦干净了那个破旧的外壳。

毕竟这种易燃易爆的危险物品，只有危险系数降低为 0 的时候才能同她一起前往大洋彼岸。于她而言，危险不是这略显渺小的火石机油，而是肉眼瞧不见的，一些攀附着它生长的东西。

到了美国，找到店铺重新组装完整之后，她有些嫌弃自己的小题大做，如此费尽心思倒不如重新买一个来的痛快，可她却认真地将它放进了自己的口袋里，随身携带。

男人愈发清晰的脚步声终于唤回了她飘忽的神智。

她上一秒还在因为有些水肿的 Melody 检查结果良好而愉悦，下一秒便听见踏在地板上清晰熟悉的脚步声，一步一步距离她更近。

宫野身体不自觉地向后倾斜，微微侧过头看了他一眼，他仍旧还是喜欢戴一顶简单的黑色针织帽，微鬈发丝搭在额头上，难得穿上了一件随意的藏蓝色外套，他脸上覆着午后金灿灿的光，随着走动又爬上了他高挺的鼻梁，她下意识地想这个正在母体安然生长的果实会不会也遗传了这冷漠慵懒的外貌，那该是多么好的事。

她礼貌地朝赤井笑了笑，而他的视线在她身上短暂停留一瞬便挪开。心照不宣而又简单的寒暄让她又觉得释然，是的，这里是美国，她可以是妇科医生，他为什么不可以是一名迎接生命的准父亲？

赤井伸出手来揉乱了女人棕色的卷发，对方笑着抓住他不安分的大手。男人微笑着一手揽过妻子的肩膀一手拿起检查单，他安静又认真地看着报告，直到熟悉的签名工工整整地出现在右下角，他刚想说些什么便被 Melody 追问怎么来得这么晚。

"抱歉，上面要我处理一件紧急任务。"他抬起头笑了笑，"下次我提前请好假。"

妻子倒也没说什么只是轻轻地揪了揪丈夫的耳朵，转过头向揿着咖

啡的宫野道歉。

"这家伙总是很忙，总是让我一个人等。"

宫野不在意地笑了笑，挥手表示没关系，这种把人留在原地空等待的事情她很久之前就已经习惯了。看着一整锅奶油蘑菇汤的热气消散，等到音乐会散场身旁的座位仍空空荡荡，暴雨如注打到她的全身吃痛才木然知觉原来这又是一次爽约。

而这次没有演习的见面让那种久违的熟悉感又重新涌回全身，包裹着她刻意逃避的躯壳。

她没再说话，医生的职责向来是治疗与祝贺，她的科室更是喜远大于忧，这种温馨浪漫的时刻只需要聆听，而不应该被自己这样一个外人打扰。

对面的夫妻和她见过的所有即将成为父母的夫妻一般欣喜地拿着检查单憧憬着，承载男女爱恋和未知欢乐的 A4 纸张是绘制梦幻蓝图的画笔。

她漠然得如同一个旁观者一样，将放在裤子口袋里的右手拿了出来，若无其事地覆上左手紧握的咖啡杯。

"糟糕，都怪你，"Melody 嗔怪地拿腿踢了踢男人的裤脚，"左右你也看不懂，倒不如让宫野医生讲讲。"

"抱歉。"他点点头，却没抬头看她。

宫野沉默地看着报告单上陈列的数字，印象里的他并不是这种表情鲜活的人。他素来是同自己一般，懒得挪动面上的肌肉做表情。但是总不能将这些东西套用到一个准爸爸身上，毕竟放到别人可能会开心地笑出声来。

于是她打开电脑上隔壁科室传过来的报告单，言简意赅地叙述着各项指标的意义。像是多年前的一场学术报告，过于熟稔的内容让她并不需要提前准备，她庆幸自己没有声音颤抖。她一手握着鼠标，一手攥紧无辜的咖啡杯。

她有些庆幸今天没有拉开冰箱柜门暴露那一罐罐冷藏着的秘密，不然所有费力隐藏的心思便如同暴晒在阳光下的深海动物，再无生还的可能。

"十六周，也就是下个月需要进行唐氏血液筛查，前一天晚上12点以后禁食食物和水，第二天早上空腹来医院进行检查。"

她似乎将目光圈禁了起来，让它们仅留存在 Melody 的四周，只是余光依然不幸地打在了男人的肩膀上。他不似以往般挺直脊背，微微垂下来的肩膀和衣服松弛的褶皱彰显了男人放松的状态。

语调似乎比往常严肃了些，好在 Melody 并没有介意，女人温柔的目光凝视着报告上模糊的婴儿图像，整个人都映照在属于母性的光辉里。

她想他大概在垂着眼帘看着自己的太太，大约是那种难得一见的温柔模样。

不知为何今天时间过得这样慢，温柔的准妈妈似乎并不着急回去，如同往常一般同她了解孕期相关的注意事项。宫野想如果现在有面镜子，她大概笑得面部肌肉都变得僵硬了。素来骄傲的演技如今好像有些溃不成军，她只盼着时间过得再快一些，她想要活动一下酸痛的肌肉。

"只希望宝宝未来一定得长得像我，"Melody 双手合十做祈祷状，"男孩女孩都好。"

"长得像爸爸有什么不好？"他似乎是笑了，低沉的声音平添了几分温和。

"你瞧瞧你瞧瞧，"Melody 突然拉了一下宫野的袖子，"我老公长得实在是太凶了，我可不希望宝宝也这样。"

宫野突然被拉扯进谈话里，只是仓促地笑了一下。

"这是独特的魅力，之前喜欢我的女性可不在少数。"

宫野没再听两个人接下来的谈话，她想自己大概也被分派到了那些"喜欢他的女性"里，连同自己已故的姐姐一起。在他的人生里，自己永远被归类于不痛不痒的那一边，提起来也是无足轻重。好像刚才汹涌着堆积到脑袋里的血液慢慢消散了些，她像是已经接受了死刑的犯人，平静地等待最后一声枪响。

"去吃饭吗？ Sherry 酱。"

这道声音从未如此动听过。

Ken 推门进来的动作也不显得无礼，他像是一个唐突的救星，所有曾经逾矩的动作都变得情有可原。

"啊，对不起，没想到你还有病人。"Ken 走进来看到坐在一边的一对璧人，目光在男人的眉眼上流连了一下，便点头致歉准备退出去。走之前他扬了扬手里的钥匙，示意自己在停车场等她。

"抱歉，他总是这样。"

"啊，没关系的，"Melody 笑着摇了摇头，探寻的目光看向宫野，"刚刚那位帅哥是……"

赤井平静地侧头看了她一眼，女人便笑着吐吐舌头继续补充道。

"哎呀，我无意冒犯，虽然我日语不太好，但是也知道他那种叫法其中的含义嘛。"

"没关系，"她也笑笑，"之前的名字罢了。"

也算是答非所问地扳回一局，毕竟在"Sherry"这个名字出现的时候，她仿佛看到男人眼中一闪而过的警惕。但是说白了，赤井骨子里也是个伸张正义的性格，只是不同于别人的直白炽热，他较为含蓄隐忍罢了。宫野告诉自己这不过是出于对曾经并肩作战伙伴的关心，抑或是因为他们身体里流淌着略微相同的血液。

但是这些东西从他进门装作不认识自己开始，大概就被舍弃了吧。

他的表现明显不属于失忆这种狗血的言情剧桥段，那么唯一的合理解释便是他懒得解释她的身份，毕竟这并不能三言两语就解释清楚。

前任？旧友？妹妹？哪一种都能在他们的关系里插上一脚，但是哪一种都显得不那么切题。

像是一把把相似的钥匙，却没有一把能够打开他们之间的枷锁。

交流并没有因为 Ken 的突然闯入而被打断，Melody 若无其事地依旧笑着同她讨论一些相关问题。她亦是尽心尽力地解答，他们如同大千世界里普通的患者和医生。

左右也没什么不同。

多余的解释只会平添女人的猜忌，他是个聪明人，她也是。点到为止的默契依然在延续，纵使这并不是宫野喜欢的方式。

"差不多了。"

男人抬手看了看腕表，澄澈的石英表盘折射的光芒跌落进宫野瞳孔里。她现阶段有些讨厌自己过人的记忆力，她清晰地记得这只表同 Melody 手腕上的那个是情侣款，是她曾经在杂志上看到过，轻轻折起来页角的一对。

大约熟悉的坏处就是，对方能在举手投足间轻易地置你于死地，但是如若你追究起来，他可以风淡云清地装作一脸疑惑，平静地问一句究竟发生了什么。

"那就不打扰啦，宫野医生也快去忙吧。"

如同往常一样她笑着同 Melody 拥抱了一下，看着两人的背影消失在护士随手关上的门板里。

消失前他的右手随意地搭在女人柔软的腰肢上，素来挺直的脊背轻轻弯曲，似乎想要听清妻子说了些什么。从她的角度还能看清楚他的睫毛，低垂下来洒下一片阴影。

宫野深吸一口气回过神来，拉开抽屉拿出镜子看着自己依然精致的清淡妆容。她拿出一支颜色稍重的唇釉，一丝不苟地涂抹在了嘴巴上，而后掏出手机，有条不紊地给 Ken 发了一条短信。

她是小跑着去停车场的。所幸医院足够大，有条只有工作人员能用的通道，她走到停车场的时候，余光看到他如同刚才那般揽着妻子的腰肢不徐不疾地走了过来，于是她挺直了脊背，朝着 Ken 的方向走过去。

对，就是这种不紧不慢的速度，足以保证步幅的优雅。拉开不近不远的距离，留背影给对方避免了交谈的尴尬，却能把自己的所作所为尽收眼底。

Ken 斜斜地倚在车门上等着她，手里拿着她刚刚交代的星巴克。男人身后是不同于赤井的张扬红色跑车，却像极了曾经她在组织里的品位。所以她笑着走了过去，任由 Ken 拿那杯加冰的拿铁碰了碰自己的脸。

165

"可算来了啊姑奶奶。"

"工作所迫，你又不是没看见。"

"工作还能顺手补个妆？不知道的还以为你要抢亲上战场。"

"差不多吧。"

她笑着接过拿铁，轻轻打开抿了一口。

"说起来工作，"Ken 想起来什么似的瞪大了眼睛，"今天你办公室那个男人真是要命，我要是女人绝对栽倒在这种人手里，真是可惜了这哥们儿。"

宫野笑出了声，她想如果赤井听到这些大概会黑着脸拿霰弹枪黑洞洞的枪口对准 Ken 的额头。托 Ken 的福，她终于绽放了今天第一个真心实意的笑容，于是她抬起头来瞧着对方，余光中看到那对身影越靠越近。

"不来支烟吗？"

她笑着，看着 Ken 从口袋里拿出香烟，然后她顺水推舟般地拿出了那个珍藏已久的打火机，隔着不远的距离，帮他轻轻点燃一支烟。

Ken 绕到她身侧，绅士地替她拉开了车门。

她弯腰坐进去，任由笑容慢慢消失在了脸上。

"你今天有点不对劲儿。"Ken 系上安全带的时候，歪过脸来看了她一眼。

"走吧。"她轻轻地叹气，看见对面的男人伸手拉开了副驾驶的车门，他左手挡在女人的头顶上，生怕对方有一点磕碰。

她闭上了眼睛。

不知道是该感谢那天自己无意间习惯性地写下了 Sherry 的签名给 Ken 看到，还是感谢今天早就安排好的同事聚会，抑或感谢 Ken 一直以来的绅士做派和同自己的革命友谊，这些状似平凡的普通事件汇聚在一起，悄无声息地替她保留了最后的尊严。

他之前怎么称呼自己来的？

公主殿下。

是了，不是娇滴滴的温室花朵，而是如同公主一样不属于世俗的眼睛和坚硬外壳里脆弱的心。连仅有的一点孤注一掷的冒险精神，在从东京飞往纽约的航班里也被他消磨殆尽。当初好友打电话给她说，赤井来到纽约的时候，自己就不该来的。

孤注一掷本身就是需要筹码的，可是她没有。

所以脆弱的公主殿下在失去了不靠谱的骑士之后，如同那被打碎的玻璃制品，亮晶晶的，落了一地，再无拼凑完整的可能。

Melody 抽血的那天宫野偏巧早早结束了问诊，慢悠悠地踱步去洗手间的时候刚好看到赤井倚在走廊里打电话。他声音很低，嘴巴张张合合，具体讲什么她听不清楚。怔忪了一会儿，她看到男人将手机拿开挂断，伸手揽住了刚抽完血的妻子的肩膀。

宫野下意识地撇开脸去，却觉得自己愣生生地站在走廊上太过扎眼，纵使她给自己做过无数次的心理建设，再看到他的时候依然会慌不择路。

所以当他们看到自己的时候要说些什么呢？大步走开会不会显得有些刻意？

正当她进退维谷时，肩膀上落下一只熟悉的胳膊，她重重地叹了口气，觉得自己先前贡献的黑咖啡也算是物有所值。

"你最近可是真的不对劲儿。"

Ken 刚送走一个病人，扭过头来的时候就发现宫野站在走廊里发呆，他顺着她的目光朝着远方看去，在走廊尽头的挺拔身影上落定。

"我没有，"宫野抬起眼来，"哪来的判断依据。"

"直觉罢了。"说罢 Ken 的大手落在了宫野的头顶，他顺势揉了揉女人柔软的头发，而后低下头来一脸惊异，"你到底用了什么洗发水，这手感也太好了。"

"天生的罢了，你羡慕不来。"她学着他的语气轻轻地笑，却是忍住了没去拍掉对方作怪的手掌。

"宫野医生。"

被一道甜美的声音打断，宫野转过身的时候脸上依然挂着方才相当真诚的微笑，Ken 已经放下手来乖巧地揣进白大褂的口袋里，但是宫野略显凌乱的发顶成了嬉笑过后有力的证据。赤井站在 Melody 身侧帮她背着包，女士挎包背在他身上违和却温馨，他依然是不苟言笑的表情，冲着她的方向点了点头算是打了招呼。

"还顺利吗？"宫野走上前去看向女人胳膊上按压的棉球，"24 小时不要沾水。"

"还好，"Melody 笑了笑，"我听说指标不对还要抽羊水，想想就头皮发麻呢。"

"一般不会的，更何况你们年龄都不算大，不用担心。"

"那借你吉言哦，"Melody 轻轻挽住赤井的手，"一周后见啦。"

宫野点点头，却没再目送他们离开。待到二人走远了，Ken 才慢悠悠地凑过来看向她，而后跟着她一起走进了办公室，大刺刺地朝沙发上一坐，笑着望向宫野。

"你倒是不客气。"

"不请我喝杯咖啡吗？"

"自己拿。"

"我懒得站起来，"他笑得狡黠，"不如让我猜猜看,猜对了你就帮我拿。"

"什么？"宫野没抬头，只是坐在了自己的办公桌前漫不经心地整理着数据。

"我猜啊，刚刚离开的那个酷酷的男人，要么是你的前男友，要么就是你喜欢的人。"

闻言宫野默默挺直了脊背，抬起头来凉凉地看了 Ken 一眼，对方依然惬意地坐在沙发上，蓝色眸子里是不由分说的笃定。

"哎呀，别那么看着我，我让步我让步。"Ken 说着站起身来走到冰箱前拿出两罐咖啡，打开了一罐放在她桌子上，开启的声音干脆利落，如同那个男人对待感情。

"你又是怎么判断的，别扯什么乱七八糟的直觉。"

"这回还真不是，"Ken 笑了笑，"Sherry 酱你演技倒是不错，但是刚刚你的小身板僵硬得就像死亡十小时左右……咳，好的我知道这个比喻不恰当，但是说实在的，也就是刚刚我才确定了他绝对跟你有关系。要是搁以前，我揉你头发你不得一巴掌就过来了……"

瞧着女人神情没什么特别的变化，Ken 便继续说了下去："我之前没觉得，但是结合时间线来说，上次在停车场也是，你之前向来不会麻烦我去帮你买咖啡的。但是幸亏我情商和颜值都相当之高，而且冒着被我

女朋友嫌弃的风险牺牲自我陪你演了出戏，有没有很感动啊？

"哎呀，他看不上你那是他没眼光。虽然我不喜欢你，但是也承认你的脸蛋也是一等一的标致，仅次于我的那种，"Ken 看着宫野有些迷蒙的目光迅速改变了说话方式，又像是想起来什么的拍了下手，"说起来有个关键性证据我漏了讲，刚刚我去吸烟区抽烟的时候，看到那个男人了，他拿的打火机，跟你手里的那个宝贝打火机型号一样。

"Zippo 那么多好看的款式，放着好看的不选选个最普通的也是没眼光哦……"

宫野再也听不下去 Ken 接下来的话，她只是默默地将手放回了口袋里，隔着单薄布料握住那个打火机。曾经费尽心思将它从日本漂洋过海的带过来，最终别人转头购置了一个新的。愚蠢如她，才会抓住旧东西留恋不放。

说起来原本也没有什么承诺可言，就算是跨越山海也是自己的一厢情愿。她思考了一会儿还是决定留下这个打火机，不为别的，大概用来提醒自己可悲的愚勇和自不量力的行为。

打火机可以丢掉换新的，感情又何尝不是。

Melody 各项指标都相当不错，宫野也是发自内心地替她感到高兴。撇去赤井不讲，她的确很喜欢这个开朗大方的姑娘，除此之外她还恪守着自己身为医生的准则，就算不是医生，她也无法迁怒于一个无辜的孩子。

肚子日渐明显的 Melody 坐在沙发上惬意地踢着腿，她一遍一遍地抚摸自己的肚子，眸子里都是毫无保留的温柔。她笑道自己已经想好了备用名字，剩下的几个月就在其中慢慢选择，女生的话叫 Alice 和 Olive 都还不错，男生的话叫 Lucky 或者 Harry 也不赖。

169

"再过一段时间就能知道宝宝性别了，"她抬起头来看着赤井，"你猜是男宝宝还是女宝宝？"

"女孩儿吧。"男人盯着她的肚子看了一会儿，回话的时候没有笑，眸光却难得一见的温和。

"我想要男孩子，"Melody瘪瘪嘴，"因为都说女孩子长得像爸爸多一点，长得太凶岂不是把其他小朋友都吓跑了。

"宫野医生，你认为呢？"

Melody说罢像是寻求帮助一般抬起了脸撞上宫野的目光，她彼时看起来正在发呆，却将二人的对话一字不落地听了进去。

突如其来的提问让她这才发现马克杯里的咖啡早就没了温度，赤井已然别过脸去枯燥地望着窗外，分不清他究竟是事不关己的漫不经心还是对自己的避之不及，她看着已经看过好几遍的检查单认真地回答："遗传学角度来说，像谁的概率是几乎均等的。"

"那我只能许愿女孩长得也像我多一点了，"Melody笑了笑，然后抬起手腕看了一眼时间，扯了扯正在发呆的男人衣袖，"时间差不多啦，咱们也该走了呢。"

男人闻言站起身来，拉住妻子的手，将她从沙发上轻轻扶起来。

"你这样我差点以为自己已经怀孕十个月了。"

Melody笑着打了一下男人虚扶的胳膊，然后走到桌前同宫野告别。宫野冲她微笑了一下，然后叫来了护士将两人送了出去。

她没来得及脱下那身长长的白大褂便跑去楼顶的天台——医院所有建筑物的制高点。这并非患上俯望众生的妄想症，只是一种潜移默化的习惯，从踏上陌生的美利坚土地的那一刻起便悄然滋长的怪癖。

天很高，从来没有这么高。像是蔚蓝的背景布上沾染了葡萄和血橙碰撞后的汁水，紫色的云雾上的橙色霞光宣告着夜的开场。悬挂的太阳早已下班休业，她知道，朝升暮落的自然规律永不停歇，但她是亘古不变的孤岛，冥顽不灵地守着不会归来的帆船。

她毫不吝啬地把情绪宣泄给无人问津的天台，这个足够高到可以看尽纽约城一隅的完美眺望台，是同她一般孤独甚至没有遮蔽的避难所，他们一致地享受着不属于自己的光辉灿烂，也不懊恼那些得不到的蠢蠢欲动的心思。红永远是世界的，尘才是自己的，她早就明白。

宫野将双手插进裤子口袋里深深地呼吸，右手还在习惯性地描摹着那个打火机的轮廓，她感叹自己口袋里幸好没有半盒香烟，不然她一定会拿出来吞云吐雾填补自己内心的空缺，纵使不甚娴熟会呛到自己泪流满面，不过也好，大概也算是一种蹩脚的情绪发泄方式。

身后的门吱呀作响，有人来了，宫野只当是 Ken 便随意地抬手拭去面颊残留的水痕，有些庆幸还好今天没有画眼线，不然花了还要遭到无情耻笑。

"你来了。"她没有回头，放心地交给对方一个背影，毕竟能出现在这里窥探到她落寞的也只有他，"这里是个好地方，对吧。

"正如你所说，我最近的确太不对劲了，"她无所谓地笑，松林的青葱缓解了眼睛的酸涩，纵使声音依然残留着些许的厚重感，不过不要紧，她已经自暴自弃了，"有些事从遇见的第一眼我就知道，我要完蛋了。

"有烟吗？"她面上保留着刚刚那个自嘲的微笑，回过头去看向来人，却再次失足跌进了一潭墨绿的湖泊里，注定沉溺。

"医生抽什么烟？"

男人迈着步子走过来同她并肩站立，动作有种水到渠成般的熟稔，宫野不去看他，暗自回味自己刚刚有没有说出来什么不得了的事情。

不过还好，大抵是保留了一些尊严的。

赤井又是何等的聪明，她的心思他大抵都是清楚明了的。所以才能如此张弛有度地拿出来践踏玩弄，就像最开始 Melody 微笑着进入自己的办公室，她有些怀疑一切是不是水到渠成的安排。

目的就是为了戏弄她这个旧人的话，那她委实有些受宠若惊了。

男人从黑色外套里掏出来一盒万宝路，依然工整的外盒和所剩无几的香烟昭示了它打开时间并不长久，宫野微不可察地皱了皱眉，却没有伸手去接。

"戒了吗？"他并不暗恼她的不回答，只是随意地将手伸回来，拇指轻轻摩挲着那个红白相间的烟盒。

"您哪位？"她觉得眼泪大概又要不争气地掉出来，心底积蓄的怒气也自然而然地伴随着言语发泄出来，"我们认识吗？"

"别闹。"他没有笑，语气里却含了些笑意，听起来像是在哄不听话的女朋友。

"我当是谁呢？"她转过脸来微笑地看着他，她想这大概比哭还难看，"咱们的王牌 FBI 探员记忆力是不是不行了？花了两三个月才记起我来，扪心自问我好像并不是大众脸，还是说我根本不配你记住？"

"怎么会，"他叹了口气，"有些原因，日后再跟你解释，现在不是时候。"

"没必要，没到需要你解释的地步。"

"有必要。"

赤井拿出来一支烟放在嘴边，伸手去掏打火机的时候却被身旁的女人一把夺走扔向远处的松林里，他略显怔忪地瞧着她布满红血丝的双眼，那微抿的薄唇满满的都是讥讽地笑意。

"差不多行了吧，自己不要命好歹想着你未出世的孩子。"

伸出手的瞬间她便有些后悔，那种过分熟稔的动作带来的愧疚感俨然不能用乱丢垃圾来搪塞过去。

"哪有这么好戒。"男人倒是没生气，却将烟盒重新揣回上衣的口袋里，语调低得像是说给自己听，"但是总要戒的。"

她转过头看着他，恰巧微风拂过碎发堪堪遮住了她一半的侧脸，身后青葱的树林将女人的面色映照得愈发白皙，她恍然发现自己很久没有同他这般对视过："楼下有吸烟区的，煞有介事地跑到天台来，别告诉我是欣赏风景。"

"来找你啊，"他没挪开目光，平静的眸子瞧不出什么深意，"有个小事拜托你帮忙。"

"没事帮忙就永远都不认识我，真是了不起。"

"别这么说，"他面上是如同多年前那般虚伪的风淡云清，"Melody 的住院日期，我想提前一个周。"

"那自己去预约，找我干什么。"

"人满为患。"他顿了顿，"我知道你有办法。"

"您还真是看得起我。"

"最后一次，宫野。"他难得一见地叫了她的名字，"这是最后一次。"

女人头也不回地走向了那扇略显破旧的铁门，穿着白大褂的身影让他恍惚回忆起了在组织的那段岁月，晚风吹过树林时留下的沙沙声响，淹没了女人高跟鞋撞击地面脆弱的声音。

她比以前长高了些，好像更瘦了点，挺直的脊背一如往常单薄。她最终也没回话，但是他知道她答应了。

"最后一次。"

赤井眸光转向方才她驻足欣赏的松林，左手习惯性地放回口袋里，却又叹了口气拿了出来。

日子好像伴随着风一起回到了正轨。

至少看起来是这样，至少宫野看起来还是很平静。

近日的检查总是 Melody 自己过来，她们依然笑着谈心最后拥抱着告别，赤井好像从没出现过一样，除了 Melody 略显嗔怪地抱怨说他真的是太忙了。

"他总是这样。"宫野无奈地摇摇头，突然意识到自己话里的明显错误，好在 Melody 一心一意地看着化验单并没有注意到她说的话。

几天后化验报告出来，Melody 如愿以偿得到了一个男孩，拿到结果的瞬间便开心地拨通了电话。她近乎手舞足蹈般说幸好是个男孩子，就算长得凶一点长得像你一点也情有可原了。隔太远，宫野听不清电话那头的回应，她想他大概是无奈又宠溺地微笑，正如前些日子见到的那般。

"你需要一个假期。"Ken 郑重其事地将双手放在宫野肩膀上的时候，彻底唤回了她游走的神思。她无所谓地拍掉他的双手，笑着说工作又不忙需要什么假期。

"正常的人类都是需要发泄的，正是因为你看起来太正常了所以才不对劲儿。

"相信我，他不需要一个如此尽职尽责的前女友。"

宫野瞪大了双眼瞧着他，却看到对方挤出了一个无奈的笑。

"为我拙劣的玩笑道歉，但是这样你好歹有点人样，你先前就像个没有感情的工作机器。"

她不以为然地笑笑，然后驾车回到了自己的公寓。

周六的下午宫野自己去听了一场音乐会，专门在一众演出里选了一场激情高昂的。可是从头到尾她都在想，为什么这一场又没有手风琴，下一次是不是应该先做好功课。

晚上宫野被饿醒，打开冰箱发现仅有孤零零的一个三明治，打开包装却发现这原来已经过期了，但至少表面看上去仍旧美味。宫野舍不得丢弃又害怕吃下，好不容易鼓足勇气狼吞虎咽地吃下去，安慰自己没关系，却看到玻璃里的女人流着泪吃得满脸残渣。

她其实知道自己不对劲儿，遇见他的第一眼她就知道，那个保持清醒的她无法控制地坠入万丈深渊，糟糕的、萧条的、渺小的、骄傲的，这些回忆被残忍地翻捣出来拿到太阳下暴晒。

镜子里满脸泪痕的女人告诉她，她和她的爱，都结束了。

她不能停下来，毕竟还有那么多的小生命等着她去安抚拯救，为了自己所剩无几的自尊，总归要硬着头皮挺直腰板告诉他，你瞧，就算没了你，我还是没事的。

"最后一次。"

她没有擦干眼泪，只是沉默地看着镜子里流泪的女人，低声同自己讲。

0/11

托宫野的福，Melody 在预产期前提前三周就住进了医院的病房里。虽然名义上是病房，倒不如说是公寓来得实在，除去营养师调配的一日三餐之外，还会有专门的产前瑜伽课和护士们的贴心照顾。医院在郊外故而空气相当清新怡人，当然随之而来的是不菲的价格，不过也没什么，反正某些人有钱。

"听说是因为先生要出差，又不放心太太在家，请保姆怕靠不住才特地送到咱们医院来的，真的太幸福了吧。"

"就是呢，这么帅气还有钱的老公到底去哪里找嘛，羡慕嫉妒恨啊。"

"做梦吧你。"

……

宫野听到小护士们叽叽喳喳地讨论，微不可察地皱了皱眉。她沉默着走到了 Melody 的病房，敲门进去之后扭头看向冲她微笑的女人。

"还习惯吗？"

"嗯嗯，都挺好的，"Melody 笑得灿烂，"要是我老公能多陪我一会儿就更好了。"

"任务结束就好了。"

　　低沉的声音从角落传来，宫野转头看到坐在桌角一心一意削着苹果的赤井。他用锋利的瑞士刀给苹果削皮，又不紧不慢地切成小块放到盘子里，用小叉子递到 Melody 的嘴边，她边吃边嗔怪汁水黏在了手背上不舒服。光影透过素净的白纱照射着室内的一半空间，宫野觉得自己像美术馆里被展示的赤裸雕塑曝光在众人眼前，像个"和睦惬意的见证者"。她望着刺眼的光将病房一分为二，炙热的光慢慢挪到了荫蔽的边缘。

　　她进门时下意识地巡视了一圈，而后刻意避开了他挺拔的背影。这个人连削苹果都如此专注，纤长有力的手指握紧那把小刀，宛如雕刻艺术品，尽管不是那么娴熟，但生疏却给这件艺术品平添了几分难能可贵的美感。要知道这个人，曾经是手握长枪或是钢刀的。

　　宫野扭过头吸了吸鼻子，尴尬地笑着说我去其他的病房看一看。

　　她没办法待在这个残留酸腐味的病房里继续煎熬，嫉妒一个理所当然享受丈夫温柔的孕妇，简直比冬夜最狂烈的冷风灌进肺部还要艰涩，因为那是妻子与生俱来的权利。

　　临走时她放弃最后一丝理智勉强又不死心地望向远远和护士交谈的夫妻，女人疲惫地撑着腰问着一些小问题却掩盖不住整个人焕发的欣喜，男人低头细语凑在妻子的发间，那双墨绿的眼眸藏匿无限希望——那是他都不曾发觉的温度。她怔在原地，指尖触碰到冰凉的把手如同泼了一盆冷水，她进退不得，像个衣衫褴褛的乞丐，浑浑噩噩中感受到胸口的酸胀与沉闷将全身裹挟，毫不留情。

　　她最后还是选择背向而逃，尽管扭头就跑的样子狼狈不堪，可除了失礼还别有选择吗？尝试用乐观的说辞解释这只是慷慨又自私的爱，也难逃这不过是维系自尊而故意掩饰的事实，她做不到坚若磐石地在诡谲的气氛里打趣谈笑，这是饮鸩止渴，只图一时温饱。

　　还有大概三周，他们的孩子就会出世，再过一周，一家三口圆满出院。他会成为父亲，他会笨拙又快速地学习各种拥抱的姿势和温柔的歌谣，在稚嫩的小人停止喧闹终于入睡时轻轻捏小人的脸蛋，在疲惫熟睡的妻子眉间落上载着爱与关切的吻。

而她呢？买一束百合祝贺恭喜，继续这喜悦的工作，说不定在明年又一个温暖的季节与他们再次遇见。

 0 12

但是正如前些天聒噪活泼的小护士们所说，事无巨细的男人只来了两天，便消失在了医院里。

Melody 难得安静得像失语的夜莺独自在病房坐着，屋子里放着舒缓的音乐，科学研究这有助于胎教。所以女人也是无意识地随着慢节拍用手抚摸着肚子，眸光却停滞在杂志上迟迟不肯翻页。微微蹙起的眉头好像锁住了说不清的愁绪，大抵是来自妻子和母亲双重身份的落寞与孤寂。

作为医生宫野很清楚，第一次做母亲的激动和期待会成为她们对抗十级伤痛的强盾，不畏惧生理痛苦的她们会害怕另一半的因故缺席。她一时间不知道如何定义 Melody 是幸运或者不幸，赤井的短暂离开总是出人意料却毫无办法，或许在这个层面她是不走运的，可更换一个崭新的角度，用心爱的武器平淡地为她做细水长流的事情，手腕佩戴上他从未高调显示给外人的情侣手表，低头望见她时难以掩饰的灼灼目光，甚至连天台那次不愉快的对话也是为了她……

这些最难抵挡的柔情与温暖，是上帝赐予的最大奖品，而它们偏巧不巧地全砸在 Melody 的头上。

她礼貌地敲了敲打开的门，对回过神来的Melody微微一笑："在发呆？"

话说出口，她突然反应过来这真是蹩脚的寒暄，好在对方并不介意这个而且认真地点了点头。

"我刚刚在想，居然和我老公一张孕期的合照都没有，"她垂下眼帘

177

轻轻抚摸了一下自己圆润的肚子，"有的时候我真的会思考，做个 FBI 探员是不是好事。"

"孩子的爸爸可是在救人，"宫野走上前去拿起来一个苹果慢悠悠地开始削皮，"小朋友长大了之后说'我的爸爸可是像超人和蝙蝠侠那样的超级英雄'，不是很酷吗？"

她的削法笨拙，自然比不上赤井精巧，但还好饱满的果实安然无恙。她笑着说"好啦"，将苹果递给视线一直没有离开她的 Melody，却好像恍惚间看见了 Melody 眼角似乎藏匿着晶莹但不悲伤的泪。对方道了谢之后接过苹果也没有着急吃，看着宫野许久犹豫了一会儿还是缓缓开口道："宫野医生，你真的是个好姑娘。"

"不得了，"宫野笑了笑，"我这是被发好人卡了。"

"我哪有——"

看到 Melody 脸上重新拾起来的微笑，宫野觉得自己也算是守得云开见月明了，倒不是担心赤井会将他们的过往讲给 Melody 听，理智如他怎么会给自己的生活增加没必要的坎坷。说到底，他们的故事甚至没有光芒，更不存在所谓的宏大结尾，反而像是一场搞笑的猫鼠游戏，我躲你藏，你忘我忘。

"不聊这个啦！"Melody 揉了揉自己略显肿胀的脸蛋儿，"我老公说以后有了小孩总归是要换辆车的，他先前挑了几辆让我选，可是我有点选择困难，宫野你要是不忙的话要不要帮我看看？"

"好。"

Melody 是一个相处起来让人舒服的女孩子，她总会将一切拿捏得恰到好处，比方说她在问诊的时候永远尊称自己一声"宫野医生"，而闲下来交谈的时候往往会更亲密地称呼自己"宫野"。

Melody 挪出身边的位置让给宫野，而后拿出手机打开一个相册递给她。宫野看到图片之后怔忪了一下然后向后翻了几张，将手机还给 Melody 的时候轻轻开口，只是话一出口，她才发现自己的声音是哑的。

"……都是保时捷？"

"是呀，"Melody 不疑有他地点了点头，"我对车子没要求，但是他特别喜欢这个，尤其是老款的那种汽车。"

"挺好的，"她扯出来一丝微笑，"第二张那款银灰色的很好看。"

"我也喜欢这个！"Melody 得到认同笑着拉起来她的手，"可是我老公更偏爱黑色的那个，不过不管他了，我开心就好！"

宫野也不记得自己是如何回答接下来的话题，又是如何走出门的。她大概应该感谢自己从在组织的时候就习惯了穿高跟鞋，幸而恍惚间都没有崴脚。将自己丢在宽大的座椅里的时候她闭上眼睛深深地呼吸，窗外太阳即将落下，可照射在她身体上柔柔的余晖像是最温柔的拥抱，轻抚着她已逝的悲伤。

她有些庆幸之前的好友总是在自己耳边絮叨他的推理，一次又一次地印证了真相是真，真相亦是假。

"排除了一切的不可能，剩下的不管多么难以置信，一定就是真相。"

179

所以呢，初见时 Melody 那个略显狡黠的笑容，赤井没能戒掉的香烟，莫名其妙提前一周的安排，最后是决计不能出现在眼前的保时捷。

她忽然想到被她刻意忽略却不可否认的往事，自己趴在组织顶楼的栏杆上吐槽着赤井的烟瘾，男人沉默地吐出缭绕云烟作为回答。

自己看着他瘦削的轮廓更加好奇尼古丁成分的奥妙，赤井微微眯眼，一根接着一根点烟的样子像极了一只等待猎物的猛兽，没有温度的灰烬落在地上像是一篇宏伟巨作，选择不加修饰的原味或许才是拯救狂热孤独获得充实和满足感的唯一方式。

她皱着眉头挥散这些烟雾，有些嫌弃又有些认真地问："那你什么时候才会戒烟？"

"以后有了孩子再说吧。"

他轻轻瞥了她一眼，好像在想一件不可能或者还很久远的事情，然后抬手掐灭了香烟，状似玩笑地开口。

宫野走到小冰箱跟前取出一罐黑咖啡，像是孩童终于拿到了高高的橱窗里向往已久的玩具，像是年轻时铃声响起终于结束了一场大考。那些融在血液里无法改变的习惯和热爱，终究永远铸炼进她的骨子，穷其一生提醒着她陷入了一场无休的森林大火。

他们的爱热烈而偏执，却又像是候鸟等待春日返巢的迟缓，他们无数次错过，也曾拿起刀刃刺向对方的脆弱。可是还好还好，她的双脚没有踏空，在一片坚实的土地上诚恳地面对生活的真相。

宫野将脸深深地埋在指缝之间，轻轻闭上了眼睛，那个苦苦在沙漠里寻找水源的沉默骆驼终于找到了绿洲，她期盼着未来能更游刃有余。

浏览器显示的是购物网站上婴幼儿的小帽子，恰好可以应对即将到来的初秋。宫野在奶黄和粉蓝色之间摇摆不定，纠结了一会儿还是将网页退回到最开始的搜索引擎上，多看看其他孕妈妈的选择，总归是没错的。

首页的 Google 乖巧地提示着她经常访问的页面，FBI 的主页图标挥之不去。她犹豫了一下略显紧张地点开，发现并没有什么特大死伤新闻，可是亦没有什么喜报出现。

大概是还没结束，她安慰自己。

关闭 FBI 的主页之后，她突然想起来自己最开始打开搜索引擎的目的，有些无奈地吐槽自己记性变差，而后听到小护士敲了敲门对她的呼喊。

"来了。"

瞥了一眼留在桌面上购物车里两顶可爱的小帽子，宫野抿了抿唇觉得还早，左右还有两个周的时间，总归是来得及的。

赤井出现在 Melody 住院后的第二周，宫野再见到他的时候他坐在

Melody 病床边的沙发上，正与一个大块头的男人谈笑风生。男人看起来比他还要高一点，虎背熊腰十分严肃。故而宫野查房的时候微微歪了歪头，冲着 Melody 笑道："不介绍一下吗？"

"嗯……" Melody 慢吞吞地站起来指了指身旁的大块头，"这是……"

"您爱人吧，"宫野微笑着伸出手，"幸会。"

"欸？" Melody 瞪大了眼睛叫出了声，一脸不可思议地看向赤井，对方则是笑着摇了摇头。

大块头友好地回握住宫野的手，笑起来倒是有些憨厚的模样："这段时间多亏您照顾了，宫野医生。"

"哪有，"她摇了摇头，"多亏了你旁边这个人才是。"

"老天爷呀，" Melody 哀叹，"我引以为傲的演技有这么差吗？还是赤井你偷偷报信了？"

"我没有。"男人无辜地举起双手，"我向来公私分明。"

"所以哪里出了问题哦……我真是想不明白呢。" Melody 走上前来拉住宫野的手，"告诉我嘛。"

宫野只是微笑，而后伸手指了指大块头身上显而易见的保时捷车钥匙，大抵也只有这个证据能拿得出手。总不能告诉 Melody 他曾经说过有了小孩就戒烟的承诺，毕竟天底下妻子怀孕期间没戒烟的男人多了去了，自己究竟是哪来的这份莫名其妙却又踏实坚定的信任呢？

所以，还好有个他深恶痛绝的宿敌开着他同样深恶痛绝的古董车。

"保时捷也不是特别小众的牌子呀……"

"他才不会开保时捷，这可是跟他分手已久的致命恋人的爱车，一辈子都忘不了的那种。"

"宿敌。"赤井沉声补充道。

"不得了呀，" Melody 揉着肚子倚靠在自家老公身上微笑，"我们宫野真是个妙人儿，难怪赤井先生要不远万里地去日本追妻呢，对吧，老公？"

"我不是……"

181

"你如果要提隔壁那个男医生的话，"赤井打断了她的解释，"我觉得他女朋友大概会不高兴。"

"……"

是了，那次见到隔壁金发碧眼的医生毫无芥蒂地揉搓宫野的发顶，而她竟然没有表现出任何不快，于是他回家后便心照不宣地搜索了一下他的资料，搜完资料心情舒畅，如同吃下了定心丸。

Melody 捂着嘴巴偷偷地笑，而后想起来什么似的对着宫野伸出手。

"重新认识一下，我叫 Melody，FBI 探员，也是赤井的同事。这位才是我老公 Tim。"

宫野只得停下跟赤井斗嘴的冲动，认真地回握住那只手。

"啊，顺便一提，赤井先生接这个任务是很久之前说好的，当时他的要求是结束之后要回日本，然后我们头儿就问他要做什么，你猜猜他怎么回答的？"Melody 目光狡黠，一如初见她时那样，不等别人猜测，便匆匆揭晓了答案——

"像赤井这种万年老冰块居然说，哄女朋友！"

糟糕，当着外人的面总归是不想发作，但是宫野想自己的脸大概羞得通红，起码不正常的体温揭示了自己的生理反应。

"礼物还想不想要了？"

赤井开口打断了这场尴尬，Melody 见状慌忙扯过他手里的纸袋，嘴上说着这怎么好意思呢。精致的包装拆开之后是一顶柔软的奶黄色婴儿帽，宫野瞧着这顶熟悉的帽子愣了愣神。

"我们两个给你儿子的。"

多亏了这个突如其来的小家伙，成功获取了对方的信任，他们才得以用最快的速度深入敌方彻底解决了这次的案件，也是多亏了这个小家伙，才让赤井理直气壮地选择了这家医院，也顺理成章地同她提前见了面，虽然过程有些许的不愉快。

"真不愧是我儿子。"Melody 点头，笑的心满意足，想起来什么似的

说道，"原来你们早就暗度陈仓了呀。"

"什么两个？谁跟你是我们？"

"你挑的，我买的，不就是我们送的？"

"你这是剽窃创意。"

"你的网页放在桌面上不关，而狙击手的视力总是好得不讲道理。"

明明是你不讲道理，宫野暗自腹诽。

"哎呀！"Melody拍着手叫起来，"老公，我一会儿的瑜伽课你怎么忘啦，快点快点，一会儿迟到啦！"

说罢两人便急匆匆地出了门，宫野抬手看了一眼时间，距离瑜伽课还有将近一个小时。但是不论如何，那两个人一时半会是不会回来了。她下意识地看了一眼男人的手腕，先前存在情侣腕表的地方早已空空如也。

"还回去了，"男人气定神闲地抬了抬手，"你要是喜欢我去买一对就是。"

"不喜欢。"

糟糕，下意识说什么不喜欢，应该说大可不必或者不需要才是。曾经引以为傲的嘴现在却如此不灵光，她想自己现在的样子说话肯定很没有说服力，不知不觉又掉进这人的陷阱里。

"那换种款式，"他低低地笑，素来冷峻的目光平添了几分温柔，"我原本想着，结束这个任务就去日本把你接过来，或者辞职，但是没想到……"

月亮奔我而来。

"这个周六晚上有一场音乐剧，"他眼底氤氲出一种温和和坚定，"要跟我一起去看吗，绝不失约的那种。"

183

他本以为飞上了穹顶，当上了星星，却摔得奇惨，碎得奇烂。

他千般皮相，却没了原本的脸面。

皮相是真

Pi Xiang Shi Zhen

yàn rén

艳人

艳人

一ㄇㄚˋ ㄖㄣˊ

文/宫廷肤宝

死线面前有奇迹，危机当前有机遇。

Y A N **01** R E N

闵归喧爱桃成痴。

他的宫殿庭前就栽了一棵桃树，瘦瘦的一株，长了十几年也只分了两杈。

闵归喧等得起，他老说："不急，你别催它，它就是有点儿害羞，还没准备好当娘。"

闵归喧是个慢性子，说话都要慢人半句，吃了很多说话慢的亏。他书读得多，说话难免晦涩难懂，老叫些急性子的人误会。不是人人都有一颗经得住毁誉诽谤的强心脏，闵归喧的心脏和脸皮一样脆弱，时间长了，他也就不太讲话了。

但又因为他是皇子里的老二，说话的机会还是很多的。他讲得好，别人说他卖弄学识；他讲得烂，又被诟病不学无术。横竖他都捞不着好处，他便只好挥挥手，算了算了。

昔家的过楼和他很不一样，他头回瞧见过楼就跟看毛猴儿似的，觉得新鲜又稀奇。

昔家是异姓王，养了一屋子武将，屋里的女人襦裙一撩就能骑马猎鹿，走了好运还能群起猎熊。他们所处的辖地民风很是剽悍，所幸过楼生在昔家，还算说得起话的名门，不然他顶着这样一副精致的面孔出来打猎，相当于吃白面的出来讨饭，在当地是很拿不上台面的。

昔家爷爷对过楼很娇纵，没想到宠出来个棉花脾气的主，把他生得又软又蓬松。过楼讲话很有听头，直把一屋子王侯将相笑得酒杯端都端不稳。

他坐在闵归喧身侧，受着闵归喧从没得过的宠。

闵归喧伛着背扒饭，要是被人看见皇子吃饭是他这个吃相，八成是要骂他的。可过楼实在是太讨喜了，给这了无生趣的皇城平添了好多花样的美丽，叫人实在没有空闲心去瞧一个平常就不怎么打眼的小皇子。

187

宫里有的人从来没走出过这九千间大小牢笼，过楼却有整整十年都在山间树林里飞跑乱窜，叫他们生出了好些对烟火俗气的向往。

想象在皇宫里是被准许的，从前七仙女都要觊觎凡间，虽然被人偷了衣裳，但可见人间总还是有些可圈可点的地方。

闵归喧在心里默默赞同，他好读书，有字的纸他拿来就读，于是对野史也颇有研究，比这屋里头的任何一个人都更想出去瞧瞧。

散了宴，过楼归闵归喧管，只因皇子里数他最闲。

皇城外的世界对皇子们来讲太遥远，不过是饭桌上的一个梦，他们龙躯凤体，要去风尘里裹泥点子，总归还是有些拉不下脸面——皇宫和人间到底是隔着条护城河的两样风景，要不王母娘娘当年为什么要拿柄

簪子火急火燎地划出银河呢？

皇宫里的人心里头都长了副尺子，异姓王不比正儿八经的皇室贵族，野人得势而已，笑了就过了。

这里人人的拿手绝活就是绷着两张脸做人，面上和气，背后插刀。

Y A N **02** R E N

这样的功夫闵归喧学得挺糟糕，他天天把"事不关己"挂在脸上。

他长在帝王世家，身不由己，既然命里注定是个要被更新换代的车轮碾压的人，那让它碾便是。

过楼像条尾巴似的跟在了他后头，刚刚那样懂得讨人欢喜的家伙到他这儿来就成了霜打的茄子。

闵归喧面相冷淡，薄凉得像张纸，要割人。

虽然知道自己长得不讨喜，但他看着过楼畏葸不前的样子，脸上到底挂不住，只好从袖子里掏出一个宴上偷来的毛桃子。为了讲些新奇事物，过楼的嘴只出不进，闵归喧心生爱怜地看了看这个弟弟，愈发觉得，这个在常人看来似乎有些滋补得过头的孩子真是瘦得令人触目惊心。

"饿了就吃，别让人撞见就是了。"

过楼手忙脚乱地接过桃子，低头拿袖子蹭了蹭，噘了嘴，到底没忍住："归喧哥哥是不是瞧不上我？"

过楼给桃子揪了揪毛，若不是闵归喧知道过楼平时有多粗糙，就能知道这举动是多么破天荒。

过楼是地头蛇，闵归喧是天上蛟，两人中间差了一整个人间，过楼比他想得更通透。

刚刚闵归喧不开腔不乱瞟的矜贵样过楼尽收眼底，藏进心底，还掺杂了些其他臆想，闵归喧飞扬跋扈且目中无人的形象便开始在他心中扎根。

188

他把桃子上上下下打理了一通，又交还给闵归喧。闵归喧长他两岁，恰好是最长个子的两岁，衬得过楼要矮一大截。他抻直了手，仰着的笑脸看上去可爱又天真。闵归喧看着这张尚未摆脱婴儿肥的笑脸，像在看一块喷香肥美的五花肉。

"哥哥吃。"

过楼眯着狭长的眼睛，眼尾上挑，他这讨好意味的笑颜，看得闵归喧一时竟有些愣住了。

闵归喧不爱吃桃，老人家爱讲桃饱杏伤人，闵归喧是个朽惯了的迂人，信民间智慧，信民风民俗，这却没让他更看得起桃，只因为他更是个懒人，不稀罕这总是扎人一手毛的东西。桃子在他眼里，从来不是什么好东西，于是他很自然地点了点过楼脑袋顶上的小发旋儿。

"哥哥不吃，哥哥也没有瞧不起你。"

那时，闵归喧不知道宫墙外面的小孩都是非常纯粹的，在他一成不变的十二年里，他老听说宫墙外的人强硬决绝，却从没亲眼瞧见过，如今过楼让他长了见识。

过楼以为自己犯了闵归喧的忌讳，捧着桃的两只小手慢慢下坠，降落在了自己嘴巴边上才低下头，听话却很不甘心地咬了一口桃。只一口，乳牙便再也用不上力了。

他眼睛里的水煮开铺洒，滚滚地烫上脸颊，那滚水掀起的波浪把闵归喧泼了个正着，泼得他只得安慰过楼，百般无奈地轻拍慢哄起他来。

189

闵归喧哄得拼命，让人以为王子皇孙的好话十分便宜。

他这样努力，一是怕人瞧见他欺负了小孩，骂他欺软怕硬；二是怕撞见昔家奶娘，被下人鄙薄他蛮横骄矜，继而让他背一些没道理的骂名。

虽然他比谁都怕遭人误会，却叫不来苦，遭了委屈，就干脆躲到一个不被人知道的地方，把纠结事埋个干净。

过楼哭得使劲儿，来来回回的眼泪让闵归喧想起院里荡上荡下的秋千。

他得了灵感，便开始不停地跨着步子踩风，那风呼呼叫唤着，没有孩子不喜欢。闵归喧带着过楼撒欢，跑在这样的风里，像是马上就要蹦出这方寸之地了。

闵归喧在矗立着的宫墙前刹住了脚步。

宫墙是那样不通人情世故，闲人望而生畏，天子插翅难飞。

过楼看不懂石头，只能玩他腰间的云纹玉带钩。

后来岁月的洪流猛冲闵归喧的骨头，痛得他忘了好些事情，忘了自己，忘了过楼，干脆连那宫墙的样子也忘得一干二净，只记得最后，他们的确是没能绕出那三丈宫墙。

过楼的眼泪风干在闵归喧给他造出的风里。

闵归喧只是个十二岁的稚子，平日寡言少语，不善动弹，对着这个掉了门牙说话漏风的弟弟很没办法。他只得认栽地抱好爱哭的弟弟，哄他说："我们的哭包过楼，不哭，不要哭，哥哥抱一抱。真是……不哭了好不好？"

过楼破涕为笑，但因为对闵归喧身上所有的东西都爱不释手，于是他抢过了闵归喧的带钩，又要拽他的头发。

闵归喧很是无奈地被拽得向下一看，才发现过楼还没啃完那大半个毛桃。

闵归喧以为他跟自己一样不爱吃桃，抓着他的小手顺手一抛，便把桃子扔在了石榴老树的树根旁。

过楼嘴皮一颤，猛地抽几口气。

有了前车之鉴，闵归喧知道这是他又要号啕大哭的警报，他驾轻就熟地把过楼向地上一杵，飞快地奔去把那半个桃从残枝败叶里拾出来。

无奈地蹲在过楼面前，他很是真诚地劝诫："过楼，不要哭，从你跟哥哥待在一块儿起，你就一直在哭，你这样要早死的。"

闵归喧博闻强记，市井本子也如数家珍："你不要学爱哭鬼，哥都是为你好，你现在少哭几天，以后方可晚睡几年。"

过楼不明所以，只好垂头闷道："哥哥，你给的桃子吃不成了。"

闵归喧犟不过他，只得把那个脏兮兮的桃又还给他。

闵归喧虽贵为王孙，但他向来不信鬼怪之说。

只是宫闱重重，总要出些怪事，而闵归喧见的怪事可谓怪中之最怪，怪到差点动摇他那从娘胎里带的叛逆心性。

他只听说过金蝉能在泥里混他个十年百年才混出头，哪知道现如今过楼能耐太大，给这剥了桃肉的桃核下了咒，叫它硬是憋得住寂寞，在地底待了十年也没和人间通个气。

为了养这么个破桃核，过楼拔了闵归喧住处的好几株价值千金的皇菊，看得闵归喧心头宛若刀割。

过楼还嫌不够，又挖了好大一个土坑来埋他的宝贝桃核，预备来年和闵归喧赏花分桃。闵归喧如遭雷击，问了句："当真？"

过楼点头又继续挖坑："比十足真金还真呢。"

闵归喧听得眼花耳鸣，步子打虚，只想，这当真不是想气死我？

眼看自己的娇花受欺负，嘴上还说不得，怕过楼又要哭，闵归喧叹了几声气就偃旗息鼓，只得掏了帕子扔在过楼背后，也不管他知不知道那是拿来擦脸上的土的，便扭头吃茶点去了。

但闵归喧到底是气不过。

午夜梦回，他还要踹一两脚被子，愤愤地骂过楼三两句，盼着这小孩儿在那满山林子里把腿摔断，或者从今往后都别再来烦他。

可惜事与愿违，往后的每年，总有几天过楼要来搅他清闲。

过楼年年都要探探那土坑。

后几年他在闵归喧跟前胆子渐渐大了起来，老是问闵归喧是不是偷了他的核，让他吃不上甜桃。

讲老实话，闵归喧心底也奇怪，暗地里埋了好几株桃树，棵棵长势喜人，就只有过楼啃过的那个桃核愣是连芽都没发。

闵归喧哑巴吃黄连，压着眉头凶人："一个桃核，我有什么稀罕的？你自己讲，我闵归喧会贪你一个果核？可笑！"

但他又的确是小心眼，至今还惦念着那几株皇菊，很是厌恶过楼要在他院子门前留着一块地发荒，那地秃得好似连他的头皮也有几分要"见贤思齐"的意思。若是他真的掉了头发，那这笔账理所应当要一并算在过楼头上。

过楼见不得他摆脸色，只得摸摸鼻子说："我也就这么一说，怎么还动上气了。闵归喧长得这样勇猛，心眼儿怎的比绣花针还要小，不要生气了，我跟你讲件高兴的事。"

是了，他的胆子已经大到敢直呼他哥哥闵归喧君的大名了。

Y A N **05** R E N

过楼命赴黄泉的那年是个好年。

他读书不行，姑且拿带兵打仗充金榜题名的数。

他刚有廿二，骁勇善战，能上场杀敌，能带兵打仗，委实是有大出息，圣上追着要给他晋升爵位。只有他家里人知道他还讨了一身伤疤回来，看得他亲娘亲爹愁断心肠，看得他闵归喧哥哥眼泪汪汪。

闵归喧点着灯看他身上的疤，过楼满身的伤口被学艺不精的医卒拿羊肠线草草缝过，怎样看怎样丑，仿佛狰狞着牙口在咬他的心。

闵归喧跟过楼发牢骚，念叨着"但凡医卒的手艺能比城外头手艺最差的绣娘强上指甲缝那么一点儿，过楼也不至于挨这样的痛"。

过楼抹干那些在他看来价值连城的水珠子，拿小时候的笑话逗他。

"爱哭鬼，你看你，都快哭厥过去了。你再哭，就要早死，再没福分遭你哥哥的宠了。"

那年还有一件喜事，是货真价实的"久旱逢甘霖"，是过楼埋在土里之后的事。

闵归最后一次见过楼，是在过楼的葬礼上。脑袋都没了，大家却都知道他是过楼。

闵归喧不认，可他摩挲着尸首的云纹带钩，不认也得认。

那好好的身子还平白多了好多伤口，闵归喧不知道过楼是作了怎样的孽，一生到头，竟遭如此厄运。

闵归喧抱着这具尸体哭得肝肠寸断，哭得昏死过去也没放开，叫人废了好大的气力才将他和尸首分开。

待他醒来知道过楼已然入了土，竟一夜之间愁白了头，像是一场新雪刚落，未等人难过，世界便只有雪了。

他本就娇生惯养，白了头发，又常常红着个眼眶，愈发像个走火入魔的妖怪，人见人躲。

他日日守着过楼的碑，雨天给他撑伞，晴天给他摘花，若是天色晚了，他便靠着墓碑睡上一宿。

异姓兄弟生出这样浓厚的情谊，实在是羡煞旁人。

听得九五至尊的圣上也不禁落泪两串，心下思忖着既然这样分不开，便叫这从没派上用场的二儿子接了过楼的班。

"天下动荡，皇权已定，你就不要再待在宫里烦扰东宫的心了。你这样疯魔，多瘆人啊。人早晚一死，不过时间长短，你去过楼待过的地方多见见死人，便不会像这样乍惊乍忧了。"

天命父纲，两座大山压得闵归喧绞着心拔了院里的奇珍异草。

夜里落完小雨，闵归喧刚叫人套好马，没承想那荒芜的院里竟蹿出一截绿色。

闵归喧见桃木发芽，"咿呀"两声，嗓子眼儿就跟被人摁住了似的发不出声喘不上气，好那么一会儿，他才缓过劲儿来开始恸哭。

那短短一段绿苗像是得了心智，肉眼可见地蹿起一截，要缠住他。

闵归喧再一晃眼，它便不动了。

原来那桃核这样骄傲善妒，方圆一里不见草木才愿意破土而出。

闵归喧膝头一软，跪在绿苗前，很轻、很珍惜地抚摸它。

"过楼，哥哥在的，你不要怕……"

闵归喧手掌盖着眼皮，这几日他常常以泪洗面，下人早已见怪不怪，只是撑着伞勒着马，沉默地催促他，闵归喧急了一声。

"过楼，冬天，等到下雪的日子，冷的时候，我就回来了。"

不知怎的，都城硬是整整冻了两年。

在这样的怪天，卖红薯的也揣着个手不敢出门做生意，那两年的都城一片雪花也没让人见着。

Y A N **06** R E N

金陆本是都城人，他呱呱坠地的第一年就是个坏年。

瞎眼道士到他家的破屋里讨水喝，算出他"四苦四悲"一应俱全，年交十五才动红鸾星，年交十八便堂前丧亲，他爹娘只怕后半辈子被他克住，二两银子便将他扔到牙婆怀里。那是他遭的头两样悲，先是丧了

父母，再是绝缘良师，后来辗转好些年，他又被牙婆卖到了外族人手边。

都城人在外族那里是被拿来当下人使的，兴许说"人"还是抬举，更多的只拿他当货。

多数里的少数总要被赋予些特权，金陆长得招人疼，眼窝跟鼻梁骨都有外族人的几分神韵，脖子老是那么昂着，就算脸整天被煤灰熏得灰扑扑的，却也还是那么好看。

外族的娇娘胆子都挺大，看不上人家也要闻个香。

他从来都是淡漠神色，他越是这样，就越叫女人心里痒痒，所以一贯冷淡的他犯了错，竟让要斩他的羌人生出了几分不舍。

但不舍，总也要舍得。

外族人又有了理由在心里头踩都城一脚，明着骂他们心眼儿不干净，人模狗样地耍手段，主人家那样好生待他，他还不知足。

要斩金陆的那天是个霜冻天，风咆雪哮。

那是金陆头一回遇上闵归喧。

往后有些跟他有关的坊间故事，讲得最多的就是据说当年多亏闵归喧放血养他，不然他成了彻头彻尾的"艳鬼"一个，心狠手辣，怕不是还要吃人。

边塞风沙大，闵归喧的日子却过得很不错。

他跟过楼不一样，打仗的事，他插不了手，只好天天窝着好吃懒做。

闵归喧怕冷，裹着好几件裘才能挨过冬天。他翻出过楼的皮袍子，缩进一包绒毛里才能在漫天风雪里喘口气。

他像是没骨头一样蜷在案前翻些过楼的闲书，蓦地瞧见一叠公文里夹着几张竖线信笺，一看就晓得是过楼那个懒人写废了又懒得扔的。

闵归喧笑着将几张纸懒懒抖开，不料那上头是杂乱的家书。他来了精神，头一回感谢起过楼的懒，又帮他勤快地扫除这半方桌面。

他乐不可支地翻阅过楼的"丑事",发觉里面倒也不是没有正经家书，虽封封都事无巨细地写些鸡零狗碎之事，但抵不过闵归喧心里的喜爱，他几乎能把过楼一边抱着热汤嘬，一边拿笔杆敲脑袋的傻样想象出来。

兴许过楼是半夜修书，脑子不太清醒，前面还在问候父亲、母亲、家姐，写到半截，竟突兀地问候起闵归喧，还假模假样地写了些家常问候。一句"近来如何"可怜巴巴地挤在书信尾巴上，直把闵归喧的腰都要笑断了，可能后来过楼自己再读也觉得写得乱七八糟的，于是这封信就这样默默无闻地闲坐着，只等有朝一日，主人再看到它。

闵归喧不知道自己过去常嫌弃的书信竟经历了这么多的故事，这全都赖过楼的信跟飞旋的雪花似的又多又密，他便以为写信于过楼而言不过是一日之中的第四餐，所以他从不稀罕。有时他缺了炭火，还要拿几封当火引。

闵归喧笑着笑着，那些原先觉得总有些膨胀的心情竟从过楼的废纸里漫溢出来，浇了他满头满脸的伤心。

他的眼泪也涌上眼眶，浇湿了外族的一抔白沙地——他又想过楼了，这毛病不知什么时候能好。倘使在世间赖活着的这几年他福分不够，碰不见扁鹊华佗，治不好，那便只有让他病死了。

Y A N **07** R E N

昨夜使臣来访，一路上快马加鞭换马不换人，却赶巧碰上闵归喧箭头准，逮了只野猪，烤熟了撒上了孜然要与士卒同乐。

使臣急得要吐血，你父皇尸骨未寒，你怎能宽得下心吃香喝辣的？

可闵归喧那一头银发在篝火劲风之间猎猎翻飞的模样，又让他看得心下不忍了。

臣子都晓得，二皇子是受不了这样的苦差的，是他父皇偏心眼，要

保他哥哥，才把他发配到这人间炼狱来。他最爱的弟弟丧了命，最亲的哥哥快要当皇帝了，他头发都白了，正难过得心灰意冷，却被爹爹一个拍板发配到边疆来。

外人尚要评说两句，他恨一恨他那个有失公道的爹，也是应当。

新帝根基稳了，自然不让他还在这儿受着委屈，大笔一挥，玉玺一盖，便要他马不停蹄地回都城。哥哥刚拿了权，头个想的就是自家弟弟。

闵归喧拢了拢过楼留下的皮袍子，他是个闲散惯了的懒人，你杵他一下，他才跟个蛤蟆似的动一下，好在他很听话。

第二天大清早，他睡得正香却被人吵醒了，他眯着眼睛瞧人，一瞧差点吓得蹦起来。

闵归喧张着个嘴"哎哟"好几声，吓得不轻——他帐里多了个羌人！

羌人的探子老早就得了准信儿，他今天收拾妥当就要走，这让羌王难过得不行。

自打闵归喧上任，他便从没让他们吃过苦头，所以羌人硬是要留一留他，谢他的恩。但羌人得了便宜还卖乖，非得在这时候杀人，杀给闵归喧看，只因要杀的是个被当成便宜货买来的都城人。

闵归喧披着千腋裘，眉皱得紧紧的，看着他们将人五花大绑，很是不耐地将眉眼一瞥。

他刚要转头，那少年人却抬起眼来。

霎时，两双眼睛对望，望得闵归喧脑中炸开一记雷霆万钧的响鞭。

他被那鞭抽得脑子空荡荡的：这是什么情况？谁来跟他讲？过楼？还是哪个谁？老天！他们要杀的这个都城人，跟过楼长得一模一样！

待闵归喧魂魄归位，羌刀距金陆的脖子只差了一掌之宽。

他来不及叫停，只得劈掌夺刀，一个摸爬滚打便将人拖走。刀走得急，把闵归喧那张好脸划得稀烂。

饶了他吧，求求谁，赶快饶了他——

闵归喧七零八落的三魂七魄跟着眼睛一块儿挨刀，他委实受不住让过楼在自己跟前死两回。

闵归喧糊着满面的红色，叫得凄厉，不知是痛到了心底，还是从心底痛到了表皮。

刀柄落地，又被金陆摸了过去。

四周异动，嘈嘈切切。

闵归喧痛得在地上打滚，拖累金陆跟着他一同在地上滚。

羌刀被金陆攥紧在手心，一把削落缚着他双手的麻绳。

金陆满打满算活过十五个春秋，单讲作恶，他此生已是罄竹难书。他的人生已经破破烂烂，也早该唱罢下台。

可这个头回见面的中原男人却这样满头鲜红地来救他，救得金陆只觉天地之间好像就只有红一般，红得在他心里烧起一团火，没有人晓得，那火是多么的快乐。

有人慌里慌张地叫："医卒！医卒！"

闵归喧撑着眼睛呜咽着："不要，不要江湖郎中，不要骗子无赖。"

他的眼泪混着鲜血流下，接着他又破口大骂："他们要医死我，跟医死过楼一样。"

羌人都知道闵归喧是二王爷，是当今中原皇帝的同胎胞弟，跟皇帝同父同母。

如今闵归喧被他伤了一只眼睛，羌王心下惊惧交替，后悔不该拿中原人激他。二王爷爱琴不爱剑，哪晓得到这样的时刻他竟是这样野。

羌医瞧过他的眼睛，眼珠还是那样的柔情蜜意，一道丑陋的疤痕却要在他脸上伴他一生，给他增添了几分凶神恶煞的气场。

闵归喧都做到了这样的地步，双方自是再没什么好话。

闵归喧给自己放了血，月白的狐裘也染成粉白，他快快地叫人裹了纱布，喝了口茶，竟伶伶俐俐地要翻起旧账来。

他本没起过要为过楼寻仇的心，料想过楼也不想让他日日惦念着杀人。

可他瞧见金陆，浑身的骨头便"一唱一和"，唱的每句话都是杀敌，将做的每件事都是让人血债血还。

替他表演了活祭的闵归喧变回了鹌鹑样，瑟缩着抱紧金陆取暖。

闵归喧的脸太过金贵，贵到这一屋子人的命都承受不起。

羌人同汉人都被他的变脸吓得瑟瑟发抖，唯独一个金陆，眼里迸出前所未有的美好光芒。直到他被闵归喧一路带回中原，到了都城，这光芒也没弱下一丝半毫，甚至还愈烧愈旺，快要连闵归喧也一并灼灼地燃烧起来。

金陆长了张跟过楼一样的脸，却又很不一样，用不着闵归喧来抽丝剥茧，他自己就露了馅儿。

这哪怪他？他哪晓得世界上还有这么个坏家伙比他早出现在闵归喧面前？若他晓得了，想必过楼也活不了太久，他总是那么不择手段，过楼一定赢不了他。

他们最不一样的，定是金陆的汉话讲得奇烂无比。

虽然讲不来，他却学得很积极，他用功，当着闵归喧的面却一句汉话也倒腾不出。

闵归喧跟他对对子，一人用羌语一人用汉语，闵归喧越对越失望。

这孩子看着冰冷，心也冰冷，除了脸蛋跟过楼像，哪里都不叫他喜欢。讲白了，他只觉得这皮囊是金陆管过楼借来的，显然，金陆不大配得上它。

闵归喧怀念的从来都不光是过楼的皮囊，更是里头的可爱、天真，可如今这皮囊里塞了些其他污秽，他便不想怀念了。

那株桃树也作起妖来。

闵归喧抛下金陆，干的头样事就是去瞧他的宝贝桃树。

听看院子的老仆讲，原本桃树一直是笔直一柱地长在那儿，可就在闵归喧进京的那天晚上，桃树跟中了邪似的，长劈了。

闵归喧摸摸桃树，只说你也是棵坏树，怎么长着长着就长劈了？那新冒的枝长得怪凶，油绿得扎人眼，压了老枝好多风头。

正巧金陆抱着宽刀进了庭院。

闵归喧倒是很晓得什么叫全面开花，早晨叫人学写字说话，下午叫人去武馆学人打架。

他把金陆的生活安排得这样紧凑，不过是怕自己看见他心里也慌，干脆寻个由头把人给打发远点儿。

他心里头嫌弃这小子，可又耐不住地对他好，从前对着过楼他还要挑三拣四，现如今他可不敢了，一举一动都看着人脸色来。

可金陆总那么默默然的样子，叫他心底很是不快。

闵归喧委实是个怪人，看不见人的时候想得抓心挠肝，人在眼前却烦得抓耳挠腮。讲到底，还要怪这张脸，真是一朵奇葩先后开出并蒂莲，美得叫人挪不开眼。

闵归喧把人送到武馆便甩手不管了，金陆的日子可不太好过。

武馆里小孩的老爹个个拿出来都很唬人，几个孩子见不得来外人，净找些机会来挑他的刺儿。他跟在外族一样，只当吹了一阵子风，吹过了就没了。可这天不知道哪个骂了闵归喧一句吃里爬外，心都向着外边，跟昔家的哪个谁勾过肩搭过背。

金陆听着听着，竟将那人从梅花桩上一脚撩下，自己也向下一跃，抽了一旁的短棒便向他面门击去。

武馆的梅花桩本就比平常的梅花桩高出好长一截，那小孩儿正摔得头晕眼花，不及他坐起，一记闷棍便应声赶到。

等到武馆的师父来时，被人围成一圈的小孩儿已被打得哭爹喊娘，周围几个人的脸色也不大好看。这些小孩儿骨子里很会趋吉避凶，个个心里头敢怒不敢言。

头个挨打的小孩儿是朝中老臣的独孙，哭一声星星月亮都能叫人给他摘到，结果照样被金陆揍得伤痕累累。所以小孩儿们回家时脸色是又怒又怕，把这事讲给他们父亲听，哪承想又挨了顿训："闵归喧带回来的小孩儿是好惹的？你以为他是个什么？他长在外族！要过人命的！"

听得一众少年不寒而栗，想到那张温驯不足凶悍有余的嫩脸，竟觉得三伏热天飞起了鹅毛厚雪，一冷一热地出了一身汗。

没人讲得清那小孩儿是因为什么挨了揍，知道的没敢讲，因为受了伤已经好几天讲不出话来了。他爷爷是三朝老臣，看得心跟刀剐一样，可偏偏不敢说金陆半句不对。

闵归喧已是"半人半鬼"，带回来的人更是干净不了，人人都不敢招惹这叫人毛骨悚然的一家。

201

可你叫他吃哑巴亏，他心里自然回不过味儿，便揣了柄玉如意找上王府，打着冲撞了王爷的幌子，拐着弯要站在桃树边的闵归喧主持公道。

闵归喧一伺候起自己那棵桃树便不听人讲话了，老臣那一套太极更是打得闵归喧云里雾里，他只是点着头敷衍着，最后礼也收了，状也听了，只明白金陆跟人打了架，对方是什么状况，他就不管了。

告状的人前脚刚走，金陆后脚便立在了闵归喧后头。

闵归喧话头开得不好，说今天有人因为你来找我了，说得金陆心里头雪亮，晓得闵归喧要来兴师问罪，他不讨饶，也不争辩，他甘心挨闵归喧的教训跟鞭子——他实在是心甘情愿。

倘使闵归喧气急了，要踹他、要凶他，便叫他踹、叫他凶，可他不能叫闵归喧被人污了名声呀。

不管什么昔家不昔家的，给闵归喧泼脏水，他就头个不准。

闵归喧自讨没趣地咕叽了一阵，见金陆反应不大，只得凑近他，问了他最担忧的事："你挨没挨揍？金陆，你有没有被打痛？"

一朝被蛇咬，十年怕井绳。

他不管金陆内里是怎样的草包，只把金陆这皮囊看得比天要高。

金陆，你有没有好好保管这身皮肉？你有没有让过楼受委屈？他受不得委屈的，被水烫一下都要跟我叫唤三天。你有没有暴殄天物，让他挨了不该挨的罪？

可这话落在金陆耳窝心间里就是两样意思了，他本做好了被闵归喧扇几巴掌的准备，可闵归喧不打不骂的，只眨着那对猫眼可怜巴巴地探他底细，让那道叫金陆又爱又恨的刀疤也显得温顺起来。

"金陆，你有没有被打痛？"

听听吧，他这一生的羁旅哀愁都找着了家，他挨的打遭的罪只多不少，却从没被人问过：金陆，你累不累，饿不饿啊？

可他此刻却倏地觉得，他此生就没有哪一刻痛过。

即使心里头狂风过境，金陆脸上照样风平浪静，摇摇头："不痛的。"

闵归喧皱着眉头，更担心了："你可别骗我，金陆。"

金陆抬头，他比闵归喧矮了许多，无妨，他赶得上，他天赋异禀，他悬梁刺股，他真心实意地笑眯了双眼，遮住一水儿的暖意。

他这一生，过去、未来，没有哪一刻比此刻更让他眼红心热，闵归喧赔上了自己的血才滋养了他的命，他意识到要和闵归喧扯不断，才能长长久久地活下去。

他笑得璀璨烂漫，院里开得正艳的桃花都被他笑醉了，痴痴地在风里晃荡。

"我骗你作甚？我不骗你又能作甚？"

这倒是句实话，闵归喧哑然，没想到金陆看出了他没打算替他声张的算盘。他有些尴尬地摸摸桃树，招呼金陆回屋吃晚饭了。

当晚，好久不来看他的过楼却来了他的梦里。

最开始只有那棵桃树，瘦瘦的，叫人看着就烦。真不争气，扶不上墙。可没一会儿，过楼就从那桃树边走了过来.

闵归喧开心得眼泪都要落下来了，要捉他的手，可过楼却跟他耍起了性子。

闵归喧"咦"了一声，问他："过楼，不想哥哥吗？"

过楼叉着腰，跟桃子精似的，脸蛋儿粉粉圆圆的，和那棺椁里头的尸体完全是两个人。

过楼向他抱怨："哥，我都看见了，你可真不是人。"

闵归喧在梦里被过楼改了种群，自己也委屈，尤其这委屈还是过楼给的，他便更委屈了。

"过楼？怎么一来就骂我？"

过楼哼了一声："哥捡了人家，又不好生对人家。哥怎么长成了这样儿？"

他好像格外舍不得地走近两步，指尖绕过闵归喧那新疤，又摸了摸闵归喧的白头发，突然改了口："对不起哥哥，我太想你了，可我陪不了你，本来没想过要骂你，我走了，哥哥要多保重，对不起。"

过楼衣摆一飘，跟朵云似的飞走了。

闵归喧本想抓住桃树，但霎时那桃树也不见了，就剩他一个人，看着好不凄惨。

他几近疯魔地捂着脑袋，在梦里忽地想起另一号人物来。

对，怎么把他给忘了。

203

他恶气横生地叫了他的名字，闵归喧转眼一瞧，原来他一直都跟在自己身后。

闵归喧发狠地攮住他，威胁他："金陆，你敢跑我就要你好看，听见没有？"

那人只笑，过楼从来不会笑成那样。那笑容好看，比都城最好的脂粉还管用，那脸又假又好看。可不知怎的，闵归喧却硬是看出一丝难过来。

金陆平静着问闵归喧："我跑了能做什么？不跑，我又能做什么？"

第二天一大早，闵归喧就跟梦里的过楼串了情。

他在饭桌上看着金陆这张被苦水泡了十几年的俊脸，心里突起一阵别样的酸涩。他自责起来，觉得自己很是不该，拿着过楼完好无损的壳子强求一个千疮百孔的灵魂，金陆怎么还能跟过楼一样呢？

不能的，他亲手将金陆从苦海里打捞出来，他最该清楚的，金陆呛过的苦水现在还锁着他的脚踝，让他不敢浮上水面喘口气，不敢洗把脸，好生看看他好看的脸。

"你怎么不吃饭？"金陆很关切他的身体健康。

不知道是怎么想的，闵归喧突然摸了摸他的头："我可是你的大恩人，我们这儿大恩人就是最了不得的。你不准'你你你'地叫我，不像话，没规矩，你得叫我爹爹。小兔崽子，你得一辈子都报恩，报恩，懂不懂？要乖一点，对我好一点。

"怎么回事，我也没少你饭吃，你怎么这么瘦。年轻人脸上肉多点儿才好看……"

那双手替金陆挡住了好多心有不甘。

丧父丧母，丧尊丧志，最后差点儿丧了命。

但现如今他总归是有好日子过了，他们在一块儿金陆便不用再担惊受怕丧了那一亩三分地了。

金陆真心实意地笑了起来。

他们之间是吵不起来的，金陆永远那样乖顺。

闵归喧还会把他架上秋千，荡了好久，两人笑得开心，就跟这宇宙没有其他人似的。

闵归喧比金陆大整整一轮，他年纪轻轻的竟找着了些为人父的快乐，他在这样的日子里，渐渐变得格外知足起来。

过楼是盼不来了，但他有了金陆，等他活烦了，金陆也能好好照料自己了，他便飞下黄泉，跟过楼诉诉苦，讲讲话，中元节再回来看看金陆。

闵归喧把从眼下到死的下半辈子铺得满当，心情也快活起来。

金陆下了课，闵归喧便买根糖葫芦一路陪着他回府，穿过闹闹嚷嚷的集市，顺道买买金陆最喜欢的蟹汤包——王府的厨子做不出这味道，闵归喧气死了，恨不得把厨子换掉。

在闵归喧心里，这场景可以说是"父慈子孝"。

前些时候金陆得了个泥人，他心里喜欢得不行，不光是因为这是他这么些年来得到的第一样玩具，更是因为，这泥人儿实在是和他像极了。

闵归喧还给泥人取了个可爱的名字，叫过楼。

金陆拿在手里，生怕握碎了。

他抿着嘴角的样子很好看，闵归喧瞧见了，心里也高兴，他搓了搓金陆的小脸，说："这天下就没有我们小六配不上的姑娘。"

金陆一听，立马就不笑了，他一直记着闵归喧之前讲的报恩，那是一辈子的事儿，哪有带着姑娘报恩的。

金陆越长越好看，闵归喧常常带着他跑这儿跑那儿。

他把金陆领到金銮殿，他的孪生哥哥正撑着眼皮批折子。金陆一转

身，他便躲起来，大殿里空空荡荡的，只有个皇帝。

闵归喧躲在大殿柱子后面，捂着嘴，脸笑得通红。

皇帝是个好皇帝，批折子批到深更半夜，甫一抬头，看见大殿中央立了个活人，吓得差点从龙椅上掉下来。

"啊！见鬼！"皇帝两眼圆睁，奏折"啪"地一下合上，叫着跳了起来。

金陆不动声色地看他，看皇帝用着闵归喧的脸，表现得如此胆小怯懦。闵归喧优雅得很，什么都吓不着他。

闵归喧笑得要死，从大殿后的柱子后走了出来。

他本是想让金陆被吓一跳的，怎么能有和他长着一模一样的脸？

金陆在外族出现的时候，这种惊吓被他表演得入木三分，闵归喧现今如法炮制，却起了另外的作用，把和自己合用一张脸的哥哥吓得不轻。

金陆以他为大，闵归喧开心了，他便无所谓了。

被闵归喧笑了好久的皇帝也好脾气地不计前嫌，就是看了自己这个小侄儿好多眼。

真好看，好看得叫他厚下脸皮跟闵归喧讨人到宫里来当官。

闵归喧哈哈两声，说不干。

他又好声好气地求金陆："金陆，到小叔叔这儿来。你生得好看，来做护卫刚刚好。你来，我还给你加绣蟒纹……不愿意？真是，父子两个都是硬骨头。"

回王府的路上月光长长的。

金陆现今比闵归喧高出了大半个脑袋，闵归喧看得有些不满意，说："别长了，真讨厌，要高我好多了。"

金陆只点点头："知道了。"

闵归喧又笑着问金陆："怎么不惊讶？老早就知道皇兄和我长得一样？就是因为我跟皇兄长得一样，我才要到外族受那样的苦。不过也不算很苦，我总算还是遇到你。啊！还是你吓傻了……"

没等他讲完，金陆就皱着眉打断他："我分得清。"

金陆没列举出原因，他不喜欢闵归喧老讲第三个人，只说："看一眼就知道，压根儿不一样。除了脸，哪儿也不像。"

闵归喧哦了一声，却又说不出话来，一句"你会把他跟爹爹弄混吗"卡在他的喉咙里不上不下，跟刺儿似的，招人烦。

YAN **11** REN

金陆能得到像过楼的泥人，也赖闵归喧有趣。

闵归喧是见过过楼的死状的，那是活生生血淋淋地从他心头剜下来的一块肉。他从此就对打打杀杀极其害怕，这害怕在他看见金陆舞剑时疯长，长大到差点把他自己搁死在刚飘了小雪的庭院里。

软剑被金陆舞得呼呼生风，像条银白的窄蛇般擦过金陆的手腕和侧脖。金陆浑然不觉，硬是将它旋成一朵寒光嗖嗖的指尖海棠。他收剑更是驰魂夺魄，剑面顺着他的脸侧堪堪划过，最终有惊无险地停在他十指之间。

金陆比画得酣畅淋漓，闵归喧却看得惊心动魄，待他反应过来，他已将剑夺过扔在一旁，对着金陆横眉立目，不讲道理地让他从此将这些杀器摆远些，又不讲理地问："你真要抛开我，去给我哥哥当护卫了？有什么好的？说了不让走的！"

说罢他衣摆一甩，金陆蒙了，连他的袖口都没握住。

谁莫名挨了训，都是要委屈的，但金陆不是个平常人，他的喜怒哀惧是后天摸索着学来的，你叫他去跟闵归喧理论、撒泼，那是走不通的。

他是平白无故被闵归喧救下的人，以为这次又是哪里惹着了他，便想着不见他，什么都会好起来。

于是他将剑就这么扔在那儿，进了书斋念书写字去了。

他聪明又努力，行笔比过楼那一手烂字考究得多，出去帮人抄书画扇面儿也能谋生，他本事一天比一天大起来，哪样都很拿得出手。

他是真的要遂了闵归喧最开始的心愿，浑身上下、自内而外地开出朵朵争奇斗艳的繁花。

次日早晨，闵归喧没能在饭桌上逮住金陆，这可不大对头。

闵归喧自降身价向下人打听，才知道他老早就吃了早点出去疯了。听得闵归喧愣怔片刻，才想到这是这么久来他头一次没跟金陆在一张桌上吃饭。

明明从前他回得再晚，也能跟金陆就着一盏烛火吃口热饭，再不济，总有口热粥等着他。

什么时候金陆变得这样娇气了？凶了他一下，就要躲着人了？

闵归喧知道金陆的毛病，就那么一样，喜欢赖床，现今为了躲开他，连这样毛病也改得快了。

闵归喧在金陆跟前横惯了，现在这样他心里就像有块又湿又臭的馊抹布似的。他明白自己冲人发了疯，看见金陆去书斋时就在心里骂了自己一回，本打算起个大早亲自煮饭，想着自己这样低声下气，金陆总该原谅他的，哪知道金陆还有后手，吃了昨晚的剩饭就逃之夭夭了。

闵归喧在院落里读了一天的天书，一个字都没看明白。那剑就在他面前摆着，跟看他笑话似的。

风大，吹得花落了满书卷，他就这样等着金陆回来。哪承想金陆火气那么大，家也敢不回了。

闵归喧举杯邀桃："带孩子是门学问啊，过楼，你讲讲是不是？"

闵归喧从前没带过孩子，也没见过别人带孩子，他想要找个有孩子的父母来问，孩子彻夜不着家平常吗？但转念一想，这根本就不能平常啊，这要是都能平常了，那还得了？

那全天下的父母都不要活了，不过是凶了两句，怎么能跟爹爹撒这样的火气呢？多叫人担心啊！

他从前要是这样恣意妄为，早就被他额娘打了，哪儿还有机会这样乱使性子！

闵归喧窝了一肚子的火在白日里睡起大觉来，一觉醒来发现金陆正趴在床边，呆呆地望他。闵归喧坐起来，他本可以摆起父亲的架子，讲些无理的条件，但他突然拧了拧脖子，发觉金陆长变了。

从前不大打眼，闵归喧只当十五岁的过楼跟金陆是一样的骨架和相貌，现在他好好地看他，虽还是那张脸，可已经不那么让人能联想到过楼了。

过楼是柔软的、明媚的，金陆却是坚硬的、冷淡的。

闵归喧看着眼熟，思索了一会儿才想到，这小子和他对着吃了几年的饭，怨不得他和自己越来越像了。

闵归喧笑笑："现在怎么送上门来啦？我还以为你把我当罗刹鬼呢。"

金陆当着闵归喧的面嘴就很笨，憨厚竟在他脸上现了原形，他吭了一声，说剑已经扔了，爹爹可别再冷着他了，他要难过的。

闵归喧想骂他恶人先告状，却骂不出口，他只哦了一句。他讲，再生气，我们好好说啊对不对，你躲着爹爹，算是怎么回事呢？

金陆也只点点头，但忽地，他面前就多了个泥人儿，穿着华服，勒着抹额，一副贵人花郎的打扮，再一细看，那模样，实在是跟金陆像极了！

209

闵归喧的歉道得挺有水平，掏出这么个小玩意儿来贿赂他。金陆也是个没骨气的，捧着笑得开心，叫了好几声爹爹。

闵归喧叫它过楼，说："我都把过楼送给你了，你就不要生我气了好不好？你要好好对他，不要欺负他。"

那怎么能欺负呢？

金陆拿着手绢擦过泥人儿的眉眼，不知道闵归喧什么时候摹着他的脸做了这么个玩具。虽然年岁看起来比他要大那么一点儿，但谁能说这不是他的脸？

至于当护卫，金陆有些荒谬地笑起来，他可不能脱开闵归喧去跟谁效力，把他跟闵归喧剥开，他们就都要流血发疼，就都活不成。

金陆快乐地想，这总归是一件上了心的礼物，嫌弃不得的，他在闵归喧心里头有了地位，能让闵归喧快乐委屈，已是莫大的恩惠。

他拍拍那持刀泥人儿的头，道了句晚安就快乐地睡去，明早起来就又能和闵归喧一块儿吃蟹汤包，汤汁热热的，跟他的心一样。

岁月就要这么永永远远静好地流下去了，他知道，他就是知道。

YAN 12 REN

可纸终究包不住火，金陆知道世上真有过楼这么个人来过时也是个霜冻天，对他来讲不过是两样刀子，一样的极刑。

昔家进京，顺道来了王府，来看看这曾经和过楼好得扯不开的兄弟现今是什么模样。

金陆正拿着小米在院子里逗麻雀玩，闵归喧自己打着棋谱，他们有一腔没一腔地搭着话。

金陆伸手，把闵归喧头发上的叶子摘下来，拈着又在他跟前晃两下，说："闵归喧你好招蜂引蝶，什么都要贴着你。幸好我手快，不然你就要被这片臭叶子占便宜了。"

是的，他胆子从来都大，如今可算让他逮着机会，再不用叫他爹爹了。

闵归喧也纵容着他，不爱叫，不叫就是，你爱叫闵归喧，也可以。金陆叫着闵归喧的名字，有时都快要有遗憾了，遗憾自己没有被叫过"过楼"这样的姓名。

虽星月相差甚远，总归是一片天上人间。

没承想他正遗憾着，就有人扑腾着来给他圆梦了。

昔家妈妈跟支箭似的蹿到金陆面前，"过楼过楼"地叫他，说自己

是阿娘。未等金陆开口，她脸上泪痕已是斑驳了好几道。金陆刚要张口，嗓子却哑了。他有些迷惘地看着闵归喧，闵归喧却是副捅了娄子的样子。

金陆惊得脸色煞白，指尖的枯叶被他碾得稀碎。闵归喧怎么能失态呢？他永远是不急不缓的，什么事儿这样离谱稀奇，叫他丢了魂？

昔家人面面相觑，这闵归喧可了不得啊，是上哪儿找着了这样的妖怪？

闵归喧惊得扫落了棋盘的棋子，棋子"噼里啪啦"地散了一地，跟金陆的心一样。

金陆本以为飞上了穹顶，当上了星星，却摔得奇惨，碎得奇烂。你要是捡到了他的心，都要奇怪，这是受了哪儿样的苦，才能变成这副惨相？

金陆被昔家人簇拥着，被叫着"过楼"，好像他一霎时成了浩瀚星空，被桃花簇拥，酿造出甜人的蜜糖来。

可他不得要领，到底还是跑反了轨道，脱开光芒，变回了最开始那又丑又黑的石头，从来没被人记得过。

昔家人把金陆团团围住，隔开他跟闵归喧。金陆一霎时看也看不见，听也听不清，他想闵归喧也是同样。

他破开圈子，只见昔家人东一嘴西一句地叫闵归喧王爷，求他也逼他，他们太想过楼了，要闵归喧把这个家伙当作个替补，补给昔家。

闵归喧自然不松口，为了个过楼，两边都舍得扯破脸皮让人看笑话。

金陆还是跟当年一样，被当作了货物来竞标拍卖。

闵归喧有底气，张口便是一座城，昔家人有脾气，赌上封地也要把他赎走。

过楼，就是这样顶天立地的人物。而金陆只能像个泥人儿似的杵着，无悲无喜，如梦似幻。

他跟过楼，到底哪个是泥人儿？哪个是玩具？

他的的确确是金陆，而不是那个消失了的谁吗？

他千般皮相，却没了原本的脸面，他原以为他时来运转，得了爹爹、得了安全，现今才知道这都是照搬别人的，他什么都没有，他从来就没

211

得到过什么。如今这样的局面，可能连命他也没得到过，他不过是冒名领了过楼的福，才能瞒天过海，苟活了三四年。

闵归喧很不客气地关门送客。

他追着金陆的背影，刚进屋半步，便听见一声脆响，原来是金陆把过楼的泥人摔了个稀烂。

这玩具旧了，早该寿终正寝，但金陆爱它，一次又一次地修好了它。

闵归喧看见他像姑娘绣花一样地给它描颜色，总要劝两句："你如今也不小了，留这个玩具干吗？还给爹爹，我替你管着。"

金陆总当他在开玩笑，送出去的东西哪能要回来？你在脸上划上一道，不也要留个口子？

听着这样的响动，闵归喧只当自己活该。他看着魔怔了的金陆，又追他追到了那棵桃树前——它好久没长了，只有那后发的新枝蓬勃地榨取原先的养分。可现今，所有的枝条都那么疲懒，它们张着个嘴打哈欠，冲闵归喧示威：长不动啦，你的爱不够用啦。

闵归喧张了嘴，想靠近金陆，他说："我哪儿能送你去昔家呢？我们就这样好好的，我俩一块儿。"末了他还要加一句，"和那桃树，我们哪儿也不去，也不分开，我们可是一家人呢，你知不知道那桃树是怎么……"

他还要说话，却被金陆转身抱住，他便再说不出一个字来。那感觉像是一块肉要长回他身上，也像是一块肉要自立门户。

不管是哪样，他都不能再说了，他没力气了，讲不动了。

他的胸前开出一朵大红海棠，那花开得激烈，马上在胸口氤氲成一片花海。

金陆看着他呆愣了，当年胸膛里那零星的火苗，不过是回光返照，还是灭了。

那桃树是怎么得的？怎么来的？怎么长的？不重要了。

212

金陆不太在意，闵归喧也说不出了。

闵归喧问不出为什么，渐渐眼皮也没了劲头，他看向自己胸口的刀锋，很有感应地想，这该是当年划他眼睛的那把悍刀，它落在金陆手里，救了金陆的命，伤了闵归喧的皮。

如今金陆滴水之恩涌泉相报，拿它破开闵归喧的胸膛，再对不过。

闵归喧蜷缩在金陆的怀里，冷得直往温暖里偎。他想念过楼的皮袍子，软和又蓬松，而不是这样，像在九天寒泉，卧冰而眠，无梦可想，无事可做。

红花开进了泥里，滴滴答答的，桃树动了动枝丫，可两边儿的枝都不敢轻举妄动，像是审时度势，像是权衡利弊。本来那新枝是很妄为，仗着闵归喧爱它，很放肆地长高长大，可现今它却犹豫了，连同最先长的枝，似乎要一起萎缩了。

金陆轻轻点了点闵归喧的发旋儿，定睛一瞧，才看见闵归喧那白了好几年的头发竟临阵倒戈，冒出了半个指节来长的青丝。但凡他肯再等等，跟他耗上个三四五年，这个白毛妖怪总能长得年轻些。

——可惜他等不起了，也不想耗了。

倘若闵归喧的嘴皮还能再动，金陆要做的只有对上那凉薄的三角眼，问闵归喧——

你知道我是谁吗？

你真的想知道我是谁吗？

金陆满脸的水——他这眼睛里总归流不出泪，说不上快乐难过，只当自己是个泥人儿，将碎未碎。

瞧见老仆们小心翼翼地摸出了屋，毕竟是跟了多年的主儿，王爷已然没了活头，可金陆的未来还长着呢，说什么也要护住。他看着那镶着绿宝石的羌刀，计上心头，拉着侍卫鬼哭狼嚎，说羌人要了王爷的命！心口还留着刀子呢！

这响动大到圣上也从那山堆一样的奏折里直起腰来，他着急赶到，只见他好久不见的弟弟周遭是一片红。皇帝凑近一瞧，才看见他的小侄儿，正跪着流泪呢。

是呀，流泪，那实在是非常非常多的眼泪。你都不知道，原来人，活生生的人，可以哭成这样。他真的是人吗？

可皇帝并没有想到这样的层面，他只是下马，蹲在金陆的面前。

金陆眼里映上了绣着五爪龙纹的黑靴，抬起头来，眼前一黑，又是一亮。

他的眼珠子在躺着的人跟面前的人之间辘轳打转。

啊，老天，怎么忘了，他们长着一样的脸！没事没事，一样的。

他心里跟被美梦魔住了似的，他不怕噩梦成真，只怕美梦破碎。

一样的，怎么不一样，他不准不一样！说了一样就都一样！

金陆的疯魔转移，他这个泥人儿粉墨登场，人生不过一场戏，不疯魔便不成活，现今他既然站上去了，那就要唱完。

不论是怎样地唱，哭着、跪着、爬着、泪流满面、满目萧然，他都要埋首在这红尘烟波里，惹出浪浪缠绵，泥人儿不贪，只馋那没得过的。

皇帝不摆谱，抚了抚自己短命胞弟的脸颊，声音轻轻地："金陆，闵归喧有什么心愿吗？他是你爹爹，你最该清楚。"

金陆摇摇头，手间红彤彤，脑中白茫茫。

皇帝叹气，想抱走闵归喧，却争不赢金陆，只得松手。

金陆笑笑，抬头看向皇帝。

他遂了皇帝的愿，没过几日便穿起了飞鱼服、配起了绣春刀。皇帝也照着自己的原话，在那四爪飞鱼上用金丝勾上蟒纹。

金陆穿着这身招摇衣裳晃荡在各样的盛典里，像是生怕哪个不知道

214

他长得好看一样，时时站在皇帝身侧，靓得叫人眼前一亮。

新官上任三把火，金陆本事不大不小，取了个折中，只放两把火，第一把火就烧在昔家。

金陆在皇帝那里刚得了批他几天空闲的准话，便十里加急地勒上抹额，穿上华服，扣上了昔家的门环。昔家人像是恭候许久般有条不紊地迎他，大摆了三天三夜的流水宴席，夜夜笙歌，南腔北调的人在昔家庭院里来了又走。

声声太平盛世的赞歌里，金陆突然变了脸。

那一夜的昔家蹿起冲天的火光。

他坐在昔家后山百年老树的枝丫上，过楼当年在同样的地方躲着要他练武下棋的阿娘，现今金陆替他永绝后患。

金陆淡然地看着昔府被灼人的红花烧了个干净，他的恨意也一并消去大半。他自认以德报怨，昔家毁了他的黄粱梦，他却给了他们梦寐以求的转瞬即空，他骑着快马，马蹄轻快地踏回了都城。

第二把火只算未遂，金陆本打算像报复昔家一般报复闵归喧，可等金陆再回到闵归喧的破落庭院时，已是触目萧条。

枯木成群，椒墙剥落，青瓦耄耋。那桃树也两杈并枯，那样你死我活地争斗过，到底是等不来主人，一块儿干枯了。

金陆摸了摸桃树，一副等人叫他回屋吃饭的傻样，但他霎时就清醒过来。他勃然大怒，像是逃，像是恨，像是不忍，也像是受够了，他泄愤似的踹了那桃树一脚。

报仇也就此作罢，他翻过了闵归喧和过楼怎么逃也没能逃出的三丈宫墙，头也不回地走了。

End

图书在版编目（CIP）数据

真相是真.5/西皮主编.
一武汉：长江出版社,2021.5
ISBN 978-7-5492-7684-4

Ⅰ.①真… Ⅱ.①西… Ⅲ.①短篇小说－小说集－中
国－当代 Ⅳ.①I247.7

中国版本图书馆CIP数据核字（2021）第082357号

真相是真.5 / 西皮主编

出　　版	长江出版社	
	（武汉市解放大道1863号　邮政编码：430010）	
选题策划	漫娱图书　李苗苗	
市场发行	长江出版社发行部	
网　　址	http://www.cjpress.com.cn	
责任编辑	罗紫晨	
总 策 划	熊　嵩	
执行策划	罗晓琴	
特约编辑	熊　璐	开　本　880mm×1230mm 1／32
装帧设计	刘江南	印　张　6.75
印　　刷	恒美印务（广州）有限公司	字　数　196千字
版　　次	2021年5月第1版	书　号　ISBN 978-7-5492-7684-4
印　　次	2021年5月第1次印刷	定　价　46.80元

画手 ◆ 覃菌

关注微博 @你嗑的CP是真的